35

DAS ANDERE

DUAS VIDAS

35

DAS ANDERE

Duas vidas
Due vite
© Emanuele Trevi, 2020
Publicado por acordo com The Italian Literary Agency
© Editora Âyiné, 2021

Tradução: Davi Pessoa
Edição: Maria Emília Bender
Preparação: Andrea Stahel
Revisão: Giovani T. Kurz, Valentina Cantori, Juliana Amato
Imagem de capa: Julia Geiser
Projeto gráfico: Luísa Rabello
ISBN: 978-65-5998-000-0

Âyiné

Direção editorial: Pedro Fonseca
Coordenação editorial: Luísa Rabello
Coordenação de comunicação: Clara Dias
Assistente de comunicação: Ana Carolina Romero
Assistente de design: Rita Davis
Conselho editorial: Simone Cristoforetti,
Zuane Fabbris, Lucas Mendes

Praça Carlos Chagas, 49 — 2º andar
30170-140 Belo Horizonte, MG
+55 31 3291-4164
www.ayine.com.br | info@ayine.com.br

Emanuele Trevi

DUAS VIDAS

TRADUÇÃO
Davi Pessoa

Âyiné

Quanto a ser feliz,
isso é terrivelmente difícil, exaustivo.
É como equilibrar sobre a cabeça
um precioso pagode de vidro soprado,
adornado de sinos e frágeis chamas ardentes;
e a todo instante continuar executando
os mil movimentos obscuros e pesados do dia,
sem que um fio de luz se apague,
sem que um sino desafine.

Cristina Campo
[de uma carta para Gianfranco Draghi,
fevereiro de 1959]

Era uma dessas pessoas que com o tempo estavam destinadas a se tornar cada vez mais parecidas com o próprio nome. Fenômeno inexplicável, mas não tão raro como se possa crer. «Rocco Carbone» soa, na verdade, a veredicto de perícia geológica.[1] E muitos aspectos de sua personalidade nada fácil sugeriam uma obstinação e uma rigidez do reino mineral. Contanto que se lembre, com os antigos alquimistas, que na natureza não há nada mais *psíquico* do que pedras e metais. Essa impressão foi certamente reforçada por sua fisionomia áspera e seus traços marcantes. A massa imóvel dos cabelos poderia ter sido modelada e pintada qual uma cabeça de marionete. Convivemos vinte e cinco de seus quarenta e seis anos de vida, e acredito que ele tenha permanecido essencialmente o mesmo, como se a experiência — essa madrasta implacável e descuidada — não tivesse deixado rastros visíveis em seu corpo. Tinha

---

[1] O nome Rocco está associado ao som da palavra *roccia*, «pedra» em italiano; *carbone* é «carvão». [N. E.]

braços fortes, gostava de caminhar, e quando adolescente tinha sido faixa preta de judô. Adorava fazer demonstrações extemporâneas e perigosas dessa arte muito nobre. E de fato era impossível fazê-lo sair do lugar, cravava os pés no chão como havia aprendido nos treinos sobre o tatame num passado já distante. Nos últimos anos havia engordado por causa do lítio que estava tomando, mas isso não o fez perder o aspecto durão e combativo. Estava cada vez mais sóbrio no modo de se vestir. Certa vez me confidenciou que até mesmo os losangos inocentes de um suéter eram capazes de deixá-lo um pouco envergonhado. Tal como existe o horror do vazio, alguns indivíduos sofrem de verdadeira e íntima fobia de enfeite. No último apartamento em que morou, em Roma, no bairro de Monteverde Vecchio, num prédio moderno na rua Lorenzo Valla, não havia um único quadro, nenhuma imagem nas paredes brancas. A mobília se reduzia ao essencial. Ele gostava de madeiras escuras e de revestimentos de couro. Tudo o que transmitia uma ideia discreta do espaço e da presença humana, sem eloquência. Lembro de certa manhã de verão em que estávamos em Paris e combinamos de nos encontrar em frente ao Museu d'Orsay. O ano era 1995, e poucas semanas antes o Estado francês havia entrado em posse de *A origem do mundo*, de Courbet. O último proprietário daquele quadro de vida aventureira havia sido Jacques Lacan, que, diz a lenda, se divertia entretendo seus convidados (ou seus pacientes?) com uma espécie de ritual de desvendamento. Removia o pano que protegia o quadro, defendendo-o de olhares inoportunos, escandalizados ou lascivos, e nele se via a fonte de todas as coisas, a porta da vida: entre duas coxas bem torneadas e afastadas, a fenda úmida, quase aberta, coberta de pelos fulvos, pintada com tanta sabedoria e veneração que quase parece exalar um cheiro adocicado e inebriante de fruta ligeiramente podre. No momento da entrega oficial da obra-prima ao Museu d'Orsay, o pobre ministro da Cultura, católico e ex-prefeito de Lourdes, forçado a participar da cerimônia, fez contorções dignas de um equilibrista para evitar ser imortalizado pelas emissoras de televisão em companhia de uma boceta poderosa, capaz de, apesar das rédeas da arte, sugerir pensamentos pecaminosos. Entre as obras de dimensões imensas que ocupam as paredes da sala dos Courbet, no térreo do museu, *A origem*, com seus cinquenta centímetros de cada lado, pode decerto parecer minúscula: efeito semelhante ao do *Cristo morto* de Mantegna, na Pinacoteca de Brera, em Milão — só para mencionar outra obra-prima da pintura em que o sagrado explode das dimensões reduzidas. Rocco ficou em êxtase. Pia Pera, nossa adorada Pia, também estava conosco, ela que, quando nos reuníamos os três, gastava boa parte de suas energias para que não déssemos início, Rocco e eu, às habituais briguinhas pelas razões de sempre, bobas ao extremo. No entanto, tenho uma lembrança luminosa dessa manhã, a vida ainda nos parecia esconder um segredo promissor, como se o mestre tivesse acabado de terminar para nós, com um último toque leve do pincel, sua obra-prima. Como dizia, de nós três, Rocco era o mais extasiado. Anos mais tarde ainda falava do quadro como uma revelação estética suprema, além de uma data marcante de nossa amizade. Não se importava de forma alguma com a potência erótica da imagem, suas conotações filosóficas e naturalistas. Era a ausência de espessura da forma que possivelmente o fascinava: a transparência da relação entre o objeto e os meios de sua representação. Em outras palavras, aquela que pode ser definida como a liberdade suprema de Courbet, que não consiste em ter pintado uma boceta entreaberta tal como é, em toda sua evidência carnal, mas no gesto de tê-la pintado sem a menor sombra de retórica. Ainda que se diga que essa transparência e essa liberdade sejam, por sua vez, artifícios e utopias: Rocco, que de tolo não tinha nada, estava ciente disso, e mesmo assim precisava mover-se em direção à essência, à nitidez, à concentração e à coincidência mais próxima possível do nome e da coisa. Nutria uma necessidade — que eu definiria desesperada — pelo significado exato das palavras, livres de todas as suas possíveis ambiguidades, e pelos vínculos morais dessa exatidão («o que você entende?», «por que está dizendo isso?», «por que está rindo?»). Quem o conhecia sabia que havia algo mais profundo em jogo, necessário e atrelado a certo gosto artístico ou literário. As Fúrias que o perseguiam desde que estava no mundo, entre tréguas e novos assaltos, prosperavam no maneirismo, na complicação, na incerteza das formas e seus significados. Teimoso, ele procurava simplificar, limpar. Se a anatomia humana lhe tivesse permitido, teria polido seus ossos e nervos por muitas vezes, e com prazer, com uma escova de dente de ferro.

Nasceu em Reggio Calabria, em fevereiro de 1962, precisamente na difícil cúspide astrológica Aquário-Peixes, mas viveu boa parte da infância em Cosoleto, uma cidadezinha no maciço de Aspromonte: lugar de gente dura, taciturna, propensa a uma rigorosa amargura de pontos de vista sobre a vida e a morte. A professora da escola primária era sua mãe, que em sala de aula o tratava exatamente como os outros meninos, talvez até com mais severidade — fato que lhe provocou sofrimentos compreensíveis. Seu pai havia sido por muito tempo o prefeito da pequena cidade refugiada no contraforte da montanha, rodeada por bosques antigos e riachos impetuosos que há milênios cavam abismos entre as rochas. Rocco costumava contar um episódio remoto e desconcertante sobre seu pai. Era o verão de 1970, e ele assistia, em companhia dos filhos homens (Rocco e Sandro, o caçula; eram três ao todo, com a irmã), a famosa (e superestimada) semifinal entre Itália e Alemanha na Copa do Mundo realizada no México. Justo aquela partida que terminou em quatro a três para nós, com cinco gols na prorrogação, e o chute decisivo de Gianni Rivera. Porém, encerrados os noventa minutos do tempo regulamentar, quando o melhor ainda estava por vir, seu pai, assim contava Rocco, não suportando a ansiedade, desligou a tevê e obrigou a si mesmo e aos filhos a ir para a cama. As anedotas de Rocco tinham essa característica: eram fragmentos de um teatro do absurdo que ele cavava da memória e não se preocupava em repetir pela milésima vez, como se a repetição as purificasse, dotando-as de um arrepio profético ou de uma beleza insensata. E, por fim, essas histórias contadas com tanta frequência se instalavam na cabeça de quem as ouvia.

Quando conheci Rocco, no inverno de 1983, ele tinha chegado a Roma havia pouco tempo. Tinha se matriculado na faculdade de letras e, ao mesmo tempo, ganhara uma espécie de bolsa de estudo para fazer um curso de dramaturgia ministrado por Eduardo De Filippo. Entre o grande ator, então já muito próximo da morte, e o aprendiz que ensaiava os primeiros passos, nasceu uma antipatia imediata e irremediável. Contra toda lógica, como se tivesse invertido os papéis e os julgamentos relativos, Rocco considerou «presunçoso» o venerável Eduardo. Nessa época ele vivia em um colégio de padres, os cordiais e tolerantes padres silvestrinos, que acolhiam muitos «exilados» (deixando-os basicamente livres para fazer o que quisessem) em um velhíssimo edifício, decadente e labiríntico, na rua Santo Stefano del Cacco, a meio caminho entre a praça da Pigna e a praça Minerva. Era — e ainda é — um dos lugares de Roma em que o tempo se espraia como mofo, algo que chega a ser palpável e dotado de um odor particular. Cito Patrick Leigh Fermor, escritor muito amado por Rocco: «Uma antiguidade vertiginosa e emocionante, uma maravilhosa sensação de teias de aranha». À esquerda da entrada do colégio se vê a fachada da igrejinha de Santo Stefano Protomartire, uma das mais antigas da cidade, construída sobre as ruínas de um templo de Ísis. Essa sempre foi uma área de cultos e efígies egípcios: até mesmo o estranhíssimo «Cacco» que dá nome à rua vem de *macaco* ou *macacco*, como foi rebatizada pela população uma estátua erguida ao deus Thot, inventor da escrita e protetor dos escribas, às vezes representado com a cabeça de macaco, outras, com a cabeça de íbis. Mesmo se não se conhece muito a vizinhança, há na entrada da viela um ponto de referência inconfundível: um grande pé de mármore calçando uma sandália, resquício de uma estátua colossal de algum imperador, que parece saído diretamente de um quadro de De Chirico. Para chegar ao quarto de Rocco era necessário encarar uma espécie de escada em espiral muito escura. Não havia nenhum tipo de vigilância. Nesse edifício carregado de anos dizia-se que, com os silvestrinos e seus jovens hóspedes, moravam incontáveis fantasmas — não malvados, mas em geral acometidos dos costumeiros ressentimentos dos fantasmas romanos. Do quarto de Rocco, arrumadíssimo e já embrionariamente semelhante a todas as casas em que iria morar tempos mais tarde, desfrutava-se de uma vista sensacional do mar para além dos telhados desse cerne de Roma. A cúpula do Panteão e a torre do sino de Santo Ivo em La Sapienza, de Borromini, se defrontavam como duas naves espaciais de planetas inimigos prestes a se lançarem ao derradeiro ataque. Nessa área central, circunscrita pelo volume gigantesco do Colégio Romano, mesmo nas noites de verão, quando multidões malemolentes invadem as ruas, também reina um silêncio antigo, e as sombras, como se carregadas da umidade de rios e lagos subterrâneos, parecem dotadas de maior consistência do que em qualquer outro lugar. O doutor Ingravallo, Ciccio Ingravallo, o herói do *Pasticciaccio*,[2] trabalhava ali mesmo, na delegacia que até hoje está no mesmo endereço, confrontada pela quina do Palazzo Altieri, como se diante de um penhasco alto e íngreme. A fantasia dos romances e os

---

2 *Quer pasticciaccio brutto de via Merulana*: livro do escritor Carlo Emilio Gadda, publicado no Brasil com o título *Aquela confusão louca da via Merulana*. Trad. Aurora Fornoni Bernardini e Homero Freitas de Andrade. Rio de Janeiro: Record, 1982. [As notas são do tradutor, salvo indicação contrária.]

aspectos da realidade podem se tornar, em certas áreas de antigas cidades, indistinguíveis e criados reciprocamente. Sempre que releio a obra-prima de Gadda imagino Rocco no papel de Ciccio Ingravallo. Não é de jeito nenhum uma associação arbitrária. Nos primeiros anos de impacto e assimilação de Roma, ele mesmo havia se identificado por completo com o modelo literário. Desde a primeira página, reconheceu-se no delegado de polícia «miserável e obstinado» (como Gadda) que chegou à cidade vindo de um Sul opaco, nada ensolarado e muito menos dionisíaco: um interior insípido social e culturalmente, do qual não era possível trazer consigo nada mais que o decoro de comportamento e uma ciência pessimista e desiludida do coração humano. Com a cumplicidade da circunstância de Rocco acabar morando justo ali, na rua Santo Stefano del Cacco, o romance de Gadda se tornou para ele algo especial, muito mais que uma obra de arte admirada e estudada: era uma espécie de viático, de manual de resistência à pressão desleal que Roma, com toda sua frivolidade ostentosa e ilusória, exerce sobre as almas dos forasteiros. Ele o citava continuamente, sempre descobrindo novos detalhes do gênio mimético de Gadda. Por exemplo, a corruptela (típica do romanesco) do nome de Ingravallo por parte de um personagem menor — «Ingarballo» — o encantava. De estatura mediana, com cabeleira densa e crespa, vestido «como o magro salário permitia que se vestisse», Ciccio Ingravallo era a encarnação humilde e convincente de uma filosofia bastante confiável — fundada, como se sabe, em uma reforma radical do próprio conceito de «causa». Porque todo acontecimento tem, sem dúvida, uma causa principal, ou «aparente», ao lado da qual, com o intuito de arrancar algum brilho momentâneo das trevas pesadas e pegajosas do mundo, é necessário aprender a considerar todas as outras, que, no evento em questão, convergem como os dezesseis pontos da rosa dos ventos em uma depressão ciclônica. Um método talvez muito profícuo de deduções exatas para um policial, protagonista de um romance *giallo*.[3] Basta, porém, substituir o conceito de «crime» pelo de «infelicidade» para que os traços de meu amigo, com a gola da capa de chuva levantada contra o vento noturno e um cigarro que se consome rápido entre os lábios, sobreponham-se à perfeição e se confundam com a infelicidade do herói de Gadda.

---

3 O *giallo* é um gênero de narrativa desenvolvido em meados do século XIX, muito consumido na Itália em todo o século XX e ainda hoje. Os *gialli* narram histórias que giram em torno de um crime, por isso muitas vezes são definidos como «romances policiais». O termo («amarelo», em italiano) se refere à coleção Il Giallo Mondadori, que passou a ser comercializada em 1929 e cujas capas eram daquela cor.

A infelicidade. E seus terríveis emaranhados de causas concomitantes. Falar da vida de Rocco significa necessariamente falar de sua infelicidade e admitir que ele fazia parte das fileiras predestinadas dos *nascidos sob a influência de Saturno*. Mas como definir do que sofria Rocco? Querendo ligar com exatidão um nome à coisa, terminaríamos criando um termo novo, como «rocchite», «rocchìasi».⁴ No entanto, para que serviria um nome assim? Quanto mais nos aproximamos de um indivíduo, mais ele se assemelha a uma pintura impressionista, ou a uma parede descascada pelo tempo e pelas intempéries: torna-se um coágulo de manchas sem sentido, grumos, vestígios indecifráveis. Afastamo-nos dele, e vice-versa, o mesmo indivíduo começa a se parecer extremamente com os outros. A única coisa importante nesse tipo de retrato escrito é procurar a distância exata, que é o estilo da unicidade. A julgar pelo que sabia disso, nem mesmo a infância de Rocco escapava de todo desse segredo compartilhado, dessa sombra frustrante, dessa sanguessuga horrível e inútil que é a infelicidade. Porém as primeiras manifestações de fato sérias chegaram um pouco mais tarde, nos anos do ensino médio. Os Carbone moravam na rua Tripepi, uma rua central de Reggio Calabria, com

---

4   Jogo de palavras com sufixos que denotam doenças — *pedrite*, *pedríase*. [N. E.]

seu feitio meridional, repleta de varandas de ferro batido e oleandros. Seu enorme e quase assombroso talento para fazer amizade se consolidou muito cedo, proporcionando-lhe os primeiros laços importantes. Rocco era bom aluno, gostava de ler, tocava violão clássico muito bem, com dedos robustos que pareciam sob medida para manter os acordes, frequentava o único cineclube da cidade. No entanto, essa constelação de fatores positivos, ou pelo menos normais, dispunha-se em torno de uma espécie de buraco negro capaz de absorver em seu interior toda energia vital, transformando-a num cansaço pesado, inerte e desesperado pelo fato de existir, no qual o futuro lhe parecia a repetição irremediável de um presente insuportável. Enxames de pensamentos o atacavam quais gafanhotos da maldição bíblica, dos quais não conseguia se livrar de jeito nenhum. Muito cedo o sono se tornou muito difícil, e aos vinte anos ele tinha os mesmos horários dos velhos que já estão de pé às cinco da manhã. Por mais que se voltasse para o passado, a memória não conseguia capturar um fragmento de bem-estar que não fosse ameaçado, cercado e contaminado por essa potência obscura.

A fotografia foi tirada por Rocco numa noite de 1989 ou 1990. Estávamos em sua casa, quando ele já morava na rua del Boschetto, sob a ameaça constante das malditas vigas nas quais, cedo ou tarde, a gente acabava batendo a cabeça, mesmo quando jurava, em tom solene, que prestaria atenção. Amo de paixão o momento que Rocco capturou ao acaso: enquanto ri, Pia põe sua mão protetora sobre minha cabeça, evitando o choque. Que a foto foi tirada por Rocco, e que nessa noite estávamos apenas nós três, passo a entender a partir das outras fotos da série, cuja existência se apagou por completo de minha memória por quase trinta anos, e que novamente veio à tona por acaso, ao arrumar a papelada de um armário. Sempre somos enquadrados em dupla, visto que o terceiro manuseia uma dessas máquinas descartáveis que levávamos para revelar nas lojas de fotografia. Em algumas fotos tiradas por Pia, eu e Rocco estamos num corpo a corpo, uma espécie de luta livre. Numa foto tirada por mim, vejo os dois mexendo nos discos de Rocco — decerto escolhiam uma música para tocar. A imagem está desfocada, mas acredito que o disco que Pia está segurando seja *La voce del padrone*, de Battiato.[5] Em todas as fotos, temos, nós três, um ar de felicidade e provavelmente certa embriaguez, pessoas plenamente saciadas do momento, da companhia. Passamos muitas noites assim, quando Pia vinha a Roma por algum trabalho ou só porque queria nos ver. Lembro que uma vez nós a arrastamos por horas numa busca exaustiva por cigarros contrabandeados. Por uma misteriosa razão burocrática e ministerial, os cigarros sumiram das tabacarias e dos bares. Primeiro, os cigarros bons, depois, os que quase ninguém fumava, como os mentolados. Essa carestia durou semanas, e em seu auge houve algumas noites em que seria mais fácil comprar dez gramas de heroína, ou uma arma, do que um maço de Camel. Estratégias de marketing dos contrabandistas, que mal podiam acreditar nesse presente dado pelo Estado, e sabiamente administravam nossa abstinência. Também era uma espécie de jogo, de caça coletiva ao tesouro, e Rocco e eu éramos

5 Franco Battiato (1945-2021), compositor, cantor, regente, escritor e pintor italiano. Conhecido por suas composições ecléticas, que mesclavam música experimental, rock progressivo, música eletrônica, meditação oriental e misticismo sufi. Entre seus álbuns destacam-se: *La convenzione* (1971), *La voce del padrone* (1981), *Mondi lontanissimi* (1985), *Campi magnetici* (2000), *Il vuoto* (2007).

parceiros fiéis nas expedições de busca. As noites eram frias, e em certo momento, quando cruzávamos pela enésima vez a praça em frente à estação, Pia fincou os pés sob um dos muitos terminais de ônibus, recusando-se a nos seguir, as mãos enfiadas com irritação no casaco de lã que ia até os tornozelos. Havia momentos em que ela lembrava uma encantadora boneca de pano. Mas ai de quem a irritasse. «Como podem ser *escravos* dessa coisa?». Depois, quando enfim nos deparamos com um rapaz ucraniano que tinha um pacote de MS para vender por um preço escandaloso, seu bom humor voltou, ela perdoou nossa fraqueza de viciados e mergulhou numa conversa longa e musical sobre Gógol com aquele desconhecido.

Inexplicavelmente, à fotografia se associa a ideia de «imortalizar», mas é um modo errado de dizer, pois se existe uma coisa que nos lembre nossa transitoriedade e futilidade, essa coisa é a fotografia, sempre ligada ao instante e ao presente de uma forma ou de outra. Como o anjo com a espada ardente (o mais colérico e inflexível dos anjos), o tempo nos bloqueia todo caminho de retorno ao paraíso terrestre que vemos nas fotos, transformando cada gesto e cada presença no emblema de uma queda irrefreável. Por outro lado, o instante que a fotografia recorta no curso do tempo pode tornar visível uma essência, um aspecto duradouro do personagem. No fundo da alma de Pia, mesmo nos momentos mais difíceis e desesperadores, sempre resistia uma vocação inextricável que cuida e protege — seres humanos, animais, vegetais. E seu gesto protetor capturado pela foto é tão inato que parece mais respiração e batimentos cardíacos do que decisões conscientes. Só assim, gostaria de acrescentar, quando fazer o bem é uma coisa que literalmente *nos escapa*, que nem sequer pensamos nela, a mão chega na hora exata e evita o pior. Comparado a esse instinto moral, o bem voluntário sempre produz o som de uma moeda falsa. Não quero sugerir, de modo algum, que Pia fosse uma santa. Quando chegou sua hora, ela revelou enormes reservas de sabedoria e fortaleza de espírito, lutando com garra sua batalha, e isso nada tem a ver com santidade. Era, sim, uma pessoa intensa, dotada de uma alma perspicaz e sensível, propensa à ilusão, fácil de se melindrar. Selecionei e juntei, como uma espécie de colagem, algumas lembranças de pessoas que a conheceram desde a juventude. «Pela maneira como estava vestida, e como sorria, ela me pareceu uma simpática senhorita inglesa» (Massimo Cataluccio). «Uma mulher de trinta anos atrevida e desajeitada, brilhante e insuportável, inconformista e generosa» (Stefano Velotti). «Quando conheci Pia Pera, ela era uma jovem mulher insolente e caprichosa. Excessiva em sua forma de pensar, de falar, de rir e de começar uma amizade» (Edoardo Albinati).

Com um toque de ternura e algumas contradições a mais, são lembranças que substancialmente coincidem com as minhas: e, além disso, as pessoas não são estados de espírito, todos veem alguns traços fundamentais. Sem dúvida, Pia era «insolente», como afirma Albinati. Mas também era tímida, com certeza. Como é que podemos conter coisas tão desarmônicas e incompatíveis em nós, como se fôssemos gavetas velhas nas quais tudo se acumula de modo disperso, sem nenhum critério? A Pia lembrada por muitos de nós, também graças a alguns de seus livros lindíssimos, a Pia madura e depois doente, pôs em prática tantos processos de simplificação e limpeza interior que quase nos sentiríamos tentados a dizer que as dificuldades da vida tornam as pessoas melhores e mais fortes. Não acredito nisso, nunca vou admitir que uma dor ou uma doença sirvam para alguma coisa, isso não passa de consolo moralista, e em todo caso renunciaria com prazer a esses famosos frutos do sofrimento. Não nascemos para nos tornarmos sábios, mas para resistir, para nos salvar, para roubar alguns prazeres desse mundo que não foi feito para nós. Pia soube tirar o melhor de uma situação ruim, jamais conheci pessoa tão corajosa, mas tenho certeza de que ela pensava como eu. Então gosto de evocá-la no tempo em que tudo ainda estava prestes a acontecer, a tomar forma. O tempo da insolência, da ousadia tímida de Pia. Se é verdade que a percepção dos espaços é determinada pelo tempo que levamos para percorrê-los, Milão e Roma eram muito mais distantes no fim dos anos 1980 do que hoje. Os trens de longa distância ainda eram chamados «rápidos», e mesmo quando chegaram os «intercity» era sempre uma viagem de mais de seis horas que tínhamos de enfrentar: o dobro de hoje. Com os parâmetros atuais, era como se Pia, na noite da fotografia, tivesse vindo de Zurique para nos visitar. Ela quase sempre estava em Roma também por causa de eventos relacionados a seu trabalho de tradutora e estudiosa de literatura russa, ou relacionados à União Soviética já em vias de dissolução com todo seu império grotesco de burocratas, militares, espiões e vigaristas. Naquele momento, ficou um pouco mais fácil para os escritores e os artistas de lá, mesmo antes do simbólico ano de 1989, viajar à Itália para, durante alguns dias, divulgar um livro ou participar de um congresso. Pia com frequência acompanhava as visitas dos russos às belezas de Roma, que ela também apreciava com toda a alma. Tenho a vaga e muito distante lembrança de uma excursão ao Celio[6] em companhia de Viktor Erofeev[7]

---

6   Uma das sete colinas sobre as quais se fundou a cidade de Roma.
7   Viktor Vladimirovič Erofeev (1947), escritor, crítico literário e jornalista russo.

(não confundir com o insuperável Venedikt),[8] cujo livro Русская красавица [*Uma beleza russa*] Pia havia traduzido. No entanto, os conhecidos e os amigos próximos que Pia fez ao longo dos anos em que estudou na Rússia não provinham apenas do mundo dos escritores e dos intelectuais. Uma vez ela levou lá em casa uma garota que era uma espécie de mística maluquete, linda, brilhante como uma bonequinha de madeira pintada, com os olhos permanentemente anuviados, como se na iminência de um choro, ou talvez tendo acabado de enxugar as lágrimas. Pia me encorajou a transar com ela, se fosse o caso e pintasse uma atmosfera adequada. Logo que chegou (chamava-se Lina, ou Lena, ou Lana), esse ser humano desconcertante trancou-se no quarto que arrumei para ela, do qual só saiu depois de ter pendurado alguns ícones, de vários formatos, à cabeceira da cama. Falava um inglês tão ruim que a conversa fatalmente definhava. O que foi fazer em Roma? Acabamos descobrindo que ela queria visitar as catacumbas. E assim certa manhã nós a levamos, Pia e eu, às catacumbas de Priscilla, nos arredores de um cruzamento de semáforos movimentadíssimo, que à época dos primeiros

---

8 Venedikt Vasil'evič Erofeev (1938-1990), escritor soviético, autor de Москва-Петушки [*Moscou-Petushki: um poema ferroviário*], escrito em 1970 e publicado pela primeira vez em Israel, em 1973.

cristãos era um recanto campestre solitário não muito longe da rua Salaria. Contemplamos um grande número de sepulturas cavadas na pedra, de veneráveis símbolos da alma e da salvação (navios, peixes, chaves...), pintados em cores opacas, e tantas outras coisas sepulcrais. Nossa hóspede vira e mexe se ausentava, como se só ela percebesse, nas sombras, presenças ocultas a olhares profanos, menos místicos. Murmurava, mal abrindo os lábios, alguma invocação, ou oração, não sei se dirigida à alma benevolente de um mártir cristão ou à poeira do tempo. Por sorte ela visitou sozinha as outras criptas, munida de uma lista compilada na Rússia. O resto do tempo ela ficava no quarto, sentada na beira da cama, como se num estado de inatividade desamparada. Exercícios místicos? Idiotice pura? Quem poderia saber, é sempre difícil diferenciá-los. Até mesmo Dostoiévski... Certa manhã entrei sem querer no banheiro quando ela saía do banho. Não pude evitar, enquanto me desculpava, de admirar seu corpo perfeito, mas a ausência total de expressão de seus olhos cinzentos excluía qualquer possibilidade de desejo, de malícia. Os pelos de sua perna eram tão fartos que lembravam uma esplêndida criatura fabular, uma gotejante mulher-cabra das florestas do Cáucaso. Quando confidenciei a Pia o desconforto que essa coexistência me causava, ela me pediu para suportar mais alguns dias. Não sabia explicar para si mesma o fascínio que sentia pela garota, neta de um famoso teosofista e espiritualista perseguido pelo regime soviético. Uma espécie de fascista russo, se bem me lembro, cujos ensinamentos esotéricos sua neta peculiar estava tentando ressuscitar.

A exploradora de catacumbas é apenas um exemplar daquela que se pode definir como uma ampla e desconcertante galeria de tipos humanos. As pessoas dotadas de uma alma curiosa e reativa, como Pia, muitas vezes se distinguem pela imprevisibilidade de suas afeições, de suas amizades. De qualquer modo, pode-se dizer que a autenticidade a atraía, mas, sem contar que cada pessoa dá a essa palavra o significado que bem entende, precisamos incluir, no campo amoroso, também pessoas autenticamente perigosas, seja porque fracas, seja porque canalhas, ou por mil outros motivos, as quais, para Pia, no período dos balanços amargos, convergiam todas para o conceito de «verme». O destino de obter mais felicidade da amizade do que do amor é dado a inúmeros seres humanos. Mas é pena que essas pessoas não desistam fácil, porque, como tantas outras, são vítimas da mesma mixórdia sentimental acerca da «alma gêmea» que desde tenra idade absorvemos de romances, canções e filmes. E, portanto, elas se apaixonam, acreditando que atingiram um grau mais elevado da experiência vital, e, em vez disso, estão apenas atrapalhando a vida que lhes coube viver. Desta maneira também devemos considerar que, assim como se nasce homossexual ou heterossexual, do mesmo modo se nasce sádico ou masoquista. Pia, essa «senhorita inglesa» encantadora, tão sedutora que jamais parece ter sentido saudade da beleza que não tinha, era uma masoquista inveterada, uma vítima voluntária a ser apunhalada. Ainda tenho diante dos olhos a foto que tirei de Rocco e Pia enquanto escolhiam um disco. A natureza de Rocco, sua disposição natural, era oposta à de Pia, ou seja, a dele era sádica. Mesmo alimentando obsessões diferentes e inconciliáveis, a relação dos dois foi até o último instante transparente e feliz, como acontece quando Eros, o infame ocioso, não mete o nariz. De qualquer maneira, toda a vida sentimental de Pia pode ser vislumbrada no início memorável de seu último livro (os itálico são meus): «Num dia de junho, alguns anos atrás, um homem *que dizia me amar* observou *num tom de reprovação* que eu mancava». Era o prenúncio da ELA, esclerose lateral amiotrófica, o início do calvário inevitável que Pia enfrentou, no fundo, sozinha, apesar da presença dos amigos, de sua mãe, de seus editores, de muitas outras pessoas que a ajudaram e, com certeza, de Macchia, seu último cão. Porém essa frase inicial e a situação são terríveis. Não dá para passar por cima delas. Quando Pia começou a mancar um pouco, já estava com quase cinquenta e cinco anos: o tempo dos problemas e das pessoas erradas já deveria ter ficado para trás havia muito. Que merda significa que naquele momento decisivo ela se encontre na companhia, como se fosse uma desmiolada de vinte anos em busca de novas experiências, de alguém que «diz» amá-la e que se sente incomodado pelo fato de ela mancar? Como grande escritora, Pia começa condensando em poucas palavras uma premissa psicológica fundamental, uma explicação de todas as noites passadas na solidão à espera da morte, que será narrada no livro. Se digo que a inclinação fundamental de Pia era o masoquismo, suponho que era feliz por ser o que era e que, é claro, em algum lugar em seu íntimo sentia prazer em frequentar os famosos «vermes». No entanto, enquanto Pia manteve o diário de seu fim de jogo, repleto de páginas inesquecíveis, a partida havia terminado, não porque a doença e o sofrimento necessariamente impliquem um distanciamento do que se foi, mas porque, simplesmente, não serviam mais para nada. Quando começou a mancar, Pia se deslocou para um terreno impermeável e, em muitos aspectos, inacessível da existência, no qual nenhum «verme» poderia mais alcançá-la ou a interessar, e dali escrevia seu relato como se estivesse numa base ártica, num assentamento em um planeta remoto.

Eu o imagino de madrugada, no colégio dos silvestrinos, enquanto prepara um café no fogão de uma pequena cozinha coletiva. Depois, tendo acendido o primeiro dos muitos cigarros do dia, senta-se à mesa, sempre arrumada — um único livro, um único caderno preto, a caneta-tinteiro. Mesmo na hora de decidir concretamente à qual ciência se devotar por muitos anos, Rocco escolheu um caminho de sobriedade desencorajadora, digno de seus suéteres cinza. Quando o conheci, num corredor da faculdade de letras, não lembro em que ocasião, ele já tinha certa fama de mente brilhante, de futuro pesquisador, de intelectual. Havia mergulhado em conhecimentos muito sofisticados de teoria literária, ou melhor, de análise semiológica ou semiótica de textos literários. Hoje é até difícil imaginar que tipo de fascínio a filosofia estruturalista podia exercer sobre as mentes jovens, uma filosofia que se propunha como a emancipação definitiva do espírito humano das trevas do empirismo e da aproximação (como se o espírito humano, deixado livre para escolher, não se alimentasse de trevas e erros, não se extasiasse com aproximações!). Rocco logo dominou os textos sagrados: *A morfologia do conto maravilhoso*, de Propp, com introdução de Lévi-Strauss, os *Ensaios de linguística geral*, de Jakobson, a *Semântica estrutural*, de Greimas... Ainda antes de se formar, colaborou com artigos e breves ensaios para as revistas mais radicais dessa corrente — publicações importantes como *alfabeta* e *Strumenti critici*.[9] A partir da monografia de graduação, dedicada à análise semiológica do mito e do romance, Rocco preparou seu primeiro livro. Ainda conservo o pequeno volume, com um design tão espartano que resulta involuntariamente elegante. Chama-se *Mito/romance* — como se até mesmo a simples conjunção, «mito e romance», pudesse ser considerada uma concessão, uma frivolidade e uma derrogação ao propósito férreo de impor uma ordem algébrica a matérias turbulentas como os mitos e os romances. Nem sequer seu professor, que sabiamente queria mandá-lo a Catânia para estudar os manuscritos de Giovanni Verga, havia conseguido dissuadi-lo dessas intenções de conhecimento exato, desprovido de toda emoção humana, de

---

9   *alfabeta*, revista mensal de cultura italiana fundada em 1979 por Nanni Balestrini, em Milão, publicada até 1988. *Strumenti critici*, periódico quadrimestral de literatura contemporânea e comparada fundado em 1966.

qualquer alusão à subjetividade. Do meu ponto de vista, todo aquele esforço tinha o sabor inconfundível de uma ocupação para malucos. Eu não conseguia entender (como jamais entendi, para falar a verdade) para que servia aquela linguagem, aquela mania de abstração e classificação, aquele desmontar brinquedos que funcionam muito bem mesmo quando quebrados. Os grandes mestres como Propp e Jakobson eram gênios, não se pode negar, mas nas mãos de discípulos a brincadeira passou a não ter sentido, impremeditadamente cômica. O que me parecia mais próximo dessas elucubrações era o estilo dos comunicados das Brigadas Vermelhas. Exatamente como entre os militantes do famigerado grupo terrorista, também entre semiólogos e estruturalistas começaram a se multiplicar os arrependidos: Roland Barthes foi o mais famoso apóstata, pôs-se a escrever seus últimos livros, lindos, sobre o amor e sobre a mãe, e mandou ao inferno os esquemas e os diagramas, a «morte do autor» e assim por diante. Resumindo, o ideal, ou a quimera, de uma «ciência da literatura» ainda tinha importância quando Rocco frequentava a universidade. Minha total incompreensão dessa aridez programática foi tema de uma brincadeira infindável entre nós, que durou anos. «Mas pra que serve essa coisa toda?» «É *importante*.» «Mas importante pra quê?» «Para entender.» «Mas o que precisa ser entendido?» — e assim por diante, ao infinito. Tempo para conversar, tomando uma cerveja ou esperando o começo de um filme, não nos faltava. Saíamos todas as noites e fazíamos um périplo pelas casas de amigos, ou nos víamos entre as duas margens do Tibre, e embora não houvesse celular, cedo ou tarde a gente acabava por se encontrar. A memória se pulveriza em uma série de imagens como um monte de fotos despejadas de uma gaveta sobre a mesa: vejo Rocco com uma capa escura em um show do Tuxedomoon, que abria um espetáculo de Carmelo Bene que ele adorou (*Hommelette for Hamlet?*); numa festa regada a drogas, num casarão nas franjas de Roma, organizada por alguns hippies que havíamos conhecido. Em uma exposição de gravuras de Rembrandt, vimos os mínimos detalhes das obras com uma lupa oferecida na entrada. Numa noite de outono, na rua Flaminia, eu o ajudo a carregar da lavanderia até sua casa um tapete enrolado, comprado em uma viagem ao Marrocos. Tomando um porre de Campari em um velho bar na praça da Pigna, cujo nome («Gelocremeria») e o letreiro em néon Rocco adorava. À mesa de um outro bar, na frente da Porta Pia, numa tarde de primavera de 1987, quando as notícias ainda eram vagarosas e passavam de boca em boca, um amigo que encontramos por acaso disse que Primo Levi havia se matado. Cerca de dez anos depois, Rocco me liga para dizer que Arturo Patten, nosso grande amigo e mestre de vida, tinha se enforcado num hotel de Agrigento.

Em uma série infinita de imagens que se sobrepõem na memória, eu o vejo em algum canto do amplo estúdio fotográfico de Marco Delogu, no Trastevere, no qual passamos tardes e noites incontáveis. Formávamos com Marco um trio muito estável. Dos três, ele foi o único que muito cedo se deu bem financeiramente. No estúdio da rua Natale del Grande, certo dia apareceram para ser fotografados Moana Pozzi e Werner Herzog, só para citar dois nomes. Como quase sempre me acontecia, apresentei Marco a Rocco e no ato os dois começaram uma amizade intensa e, de certa forma, exclusiva: a mais importante da vida de ambos, acredito. Outra série repleta de lembranças me mostra Rocco na Calábria, na cidade de meus pais — ele amava ir para lá e ficar uns dias, ou fazer uma pausa da viagem de Roma até Reggio, durante o verão ou nas festas de Natal e na Páscoa. Ali todos gostavam dele, ele jogava cartas com meu tio e seus amigos, falava de receitas antigas com minha avó, desafiava os melhores jogadores de bilhar da cidade.

Não é nada difícil, para mim, trazer à tona, entre todas essas imagens mentais, as expressões de riso, alegria e curiosidade. Uma única lembrança pode ser perfeitamente feliz e relaxante, como uma margarida que floresce entre duas geadas. O fato é que Rocco era uma pessoa capaz de se sentir bem — muito mais do que muita gente como ele. Se incendiava a vida com uma intensidade perigosa, como se fosse um pavio que queima muito mais rápido que outros, era precisamente porque sua capacidade de desfrutar era tão pujante quanto sua capacidade de sofrer. Ele acabou sendo diagnosticado como bipolar. A palavra soa eloquente mesmo a quem não saiba nada de psiquiatria. As montanhas-russas de seu humor previam mergulhos vertiginosos até o fundo e subidas igualmente íngremes, que se alternavam num segundo. Continuo convencido de que essas definições científicas têm um valor que vai até o ponto em que o indivíduo, justo por ser um indivíduo, sai da curva, e depois, atrás dessa curva, não há nome que consiga alcançá-lo. «*Há sempre alguma coisa ausente que me atormenta*», dizia Camille Claudel, a aluna de Rodin, doente crônica dos nervos. *Quelque chose d'absent*. Vamos chamar assim. Talvez essas coisas façam parte da vida de todos, e há quem lhes dê mais atenção do que outros. Se isso for verdade, em certa medida a felicidade deveria consistir em uma atenção cada vez menor a si mesmo. Nada a ver com o cuidado pessoal! Quanto menos você souber quem é e o que quer, melhor se sentirá. O que sempre desejei a Rocco, ao longo dos muitos anos de nossa amizade, foi um tantinho mais de inconsciência. Mas essa forma de sabedoria lhe era de fato totalmente estranha. Por outro lado, ele fazia o que em geral podem fazer os seres humanos: opunha resistência. E não se satisfazia com uma vida mais ou menos, queria uma vida digna de ser vivida, rica de sentido e de prazer. Formado, mudou-se para Monti, à época um bairro cuja má reputação rendia aluguéis razoáveis: outro lugar em que as «teias de aranha» do tempo não eram um problema. E ali ele viveu por muito tempo, entre a rua Baccina e um sótão na rua del Boschetto, aquele onde o telhado era tão inclinado que todos os amigos mais cedo ou mais tarde dariam pelo menos uma cabeçada numa das enormes e retorcidas vigas, como se fosse um ritual de iniciação para integrar alguma irmandade. A carreira de estudioso das leis do conto, de semiólogo e de professor parecia um caminho natural. Foi aprovado em um concurso para lecionar numa escola (eu o havia ajudado com as perguntas de geografia, folheando um velho atlas) e, depois, em um doutorado em Paris, que lhe permitiu se dedicar a suas pesquisas por alguns anos. Não eram nada simples, mas Rocco parecia ter nascido para fazê-las; aliás, bastava-lhe desejar fazê-las e ele já teria êxito, não havia dúvida. Mas, na verdade, ele não queria. Como sempre suspeitei, toda essa ciência não criou raízes em nenhum lugar estável em seu íntimo. Esgotada a energia necessária para se apropriar dela, Rocco descobriu que não se importava nem um pouco com ela: nem com as estruturas do conto, nem com uma carreira universitária. Falamos muito disso, claro, dessa mudança de rota, andando de um lado para o outro na rua dei Serpenti, ao telefone, nas pausas para fumar em frente à entrada da Biblioteca Nacional, durante as viagens por terra em direção à Calábria. Rocco havia entendido que a mera ideia de uma vida de pesquisador o lançava num profundo desconforto. Hipócrita e hierárquico, para não dizer servil, o modo de vida acadêmico não era talhado para ele. Dele tirou proveito para passar um tempo em Paris, escrevendo sem nenhuma vontade uma tese de doutorado, mas queria se sentir livre para se dedicar ao que mais o interessava. Sempre escreveu poemas, estrofes curtas e fulminantes de três ou quatro versos, mas foi a prosa que atraiu como um ímã todas as suas ambições. Era inútil objetar que muitos professores universitários levavam uma vida tranquila que lhes permitia, caso desejassem, escrever todos os romances que quisessem: históricos, eróticos, psicológicos, de ficção científica... Afinal, quem havia escrito *O nome da rosa*? «Não estou procurando um hobby», ele respondia invariavelmente, levantando uma bandeira de orgulho e autoconfiança. Uma vez tomada uma decisão, Rocco a fortalecia queimando todas as pontes deixadas para trás. Sentia-se, e queria se sentir, um jogador que aposta tudo em um único número. Só confiava nas vocações capazes de sugá-lo por completo em seu íntimo. Quando escolhia uma direção, fazia de tudo para não voltar à encruzilhada. E, como arquivou meticulosamente em sua cabeça conceitos e definições abstratas de linguística e semiologia, com a mesma severidade programática, e com uma teimosia calejada, pôs-se a escrever seu primeiro romance. Jamais acreditei que Rocco tirasse dessa atividade diária, enfrentada com o estado de espírito de alguém disposto a quebrar pedras, alguma forma de conforto e gratificação. E acredito que esse seja de fato um ponto crucial da história que estou contando. Desde o primeiro livro, e pelos quinze anos seguintes, até o dia de sua morte, Rocco praticou meticulosa e obstinadamente uma espécie de *penitência* que consistia em escrever romances. Como se ele estivesse cavando um túnel numa montanha de dor e desconforto. Porém, com a ideia implícita de que, ao sair do outro lado, encontraria exatamente as mesmas coisas que existiam no ponto de partida. O célebre título *O prazer do texto* está a léguas de distância de Rocco. Claro, se todo santo dia você senta para escrever, para não acertar as palavras até que pensa encontrar a palavra justa, resistindo aos alarmes de desânimo, um teto mínimo de vitalidade também é necessário. Rocco não foi exceção. Seguia no ritmo de duas páginas por dia, e falava disso como se tivesse encontrado um método infalível, uma receita mágica. Mas é como se, ao dar forma à imagem de um mundo dominado por uma fatalidade sombria e sem redenção, ele mesmo fosse sugado para o interior desse mundo, ou melhor, é como se esse mundo sóbrio e desconsolado acabasse por transbordar da tela do computador, invadindo o outro lado do espelho com uma luz cinza e uniforme, sujeitando Rocco a suas leis implacáveis, como se fosse um demiurgo derrotado e arrastado pela matéria que acreditava poder moldar e dominar.

E, de fato, ele jamais estava feliz com nada, desde sempre. Na história da literatura universal, é difícil imaginar alguém que tenha incorporado todos os aspectos das transversalidades do trabalho como Rocco, das capas às vendas, das resenhas às relações com os editores. Como o amor (mas a este ponto voltarei), a escrita também estimulava dois dos talentos mais perigosos e destrutivos de Rocco: a arte de ficar irritado por motivos banais e a de se desapontar com os outros. Cesare Garboli[10] percebeu isso, logo ele que nessa época era uma espécie de guru e protetor irascível para nós; então o desaconselhou, depois de alguns desses ataques memoráveis, a se aventurar como narrador, como forma de existência, uma vez que julgava que essa vida não era para ele («Rocco, você deveria viver em uma cela como um monge, na companhia de livros antigos, com um gato ao qual dar atenção!!! *Não é para*

---

10 Cesare Garboli (1928-2004), crítico literário, crítico de teatro, tradutor e acadêmico, conhecido no contexto cultural italiano por seus estudos sobre Elsa Morante, Sandro Penna, Molière, entre outros.

você!!!»). Ainda assim, observada de fora, sua carreira literária decerto nada tem a ver com a do autor marginalizado e incompreendido. *Agosto*, o primeiro romance, foi lançado pela editora Theoria em 1993, depois de um breve limbo editorial que obviamente o deixou enfurecido e frustrado. Embora pequena, a editora dirigida por Paolo Repetti e Severino Cesari identificou e soube lançar alguns dos estreantes mais significativos daqueles anos, de Marco Lodoli a Sandro Veronesi, de Giulio Mozzi a Sandro Onofri, e muitos outros. Rocco acabara de cruzar a *shadow line* dos trinta anos, e, como já mencionei, considerava a publicação desse livro uma espécie de Rubicão. «Em todo começo há a eternidade», disse um grande poeta. E *Agosto*, em sua concisão, contém em si toda sua literatura futura: o matiz emocional de base, a atitude estilística, a organização da história. Transcrevo as primeiras palavras porque me parecem um autorretrato artístico e, ao mesmo tempo, um horóscopo. «A luz invadiu todos os cantos, desfez as sombras e deu a todas as coisas uma cor uniforme.» Comecei essas lembranças evocando a coesão e a *semelhança* de traços do caráter, gostos e hábitos de Rocco. No entanto, a lista ficaria comprometida por uma ausência muito evidente se eu não acrescentasse a ela essa forma de escrita, que avançava lenta e regularmente, tal como faz o tempo em uma sala de espera. Mas espera de quê? Na frase inicial do romance, a *uniformidade*, atribuída à luz do verão, é o princípio básico da escrita de Rocco. Uma ordem imperturbável reina sobre a estrutura da frase, excluindo qualquer reflexo emocional, qualquer perda de controle. Seja pelas falas dos personagens em primeira pessoa, seja pelos fatos narrados na terceira, a narração, literalmente, *não pisca*, mesmo quando se inclina sobre abismos incomensuráveis de angústia e dor, de lutos, privações e descobertas desagradáveis. Na verdade, o desafio é sempre o mesmo: opor ao caos, à força do negativo, àquelas que já defini como as Fúrias, a certeza de um controle racional. O léxico, por outro lado, é reduzido aos mínimos termos, e qualquer imitação de oralidade está excluída *a priori*. Fruto de inúmeras renúncias, e de uma ortopedia implacável, a língua de Rocco é uma língua totalmente *escrita*, já distante do magma da realidade, em última análise, do latim de um humanista do Quatrocentos. Nesse sentido, posso testemunhar a profunda impressão que o prefácio de Giorgio Agamben a uma reimpressão de *Il fanciullino*, de Pascoli, causou em Rocco, no período de seus estudos acadêmicos. Um belíssimo ensaio em que o filósofo se detém pacientemente na «aspiração de operar em uma língua morta», testemunhada pelo uso que Pascoli faz não só do latim mas também, e sobretudo, do italiano. O horror da fala deve ser enquadrado em uma estratégia sempre direcionada a controlar, domar, distanciar a potência do irracional, do imprevisível. Daí também provém uma espécie de abstração permanente. Rocco não se preocupava sequer em nomear as cidades em que ocorrem os fatos. Às vezes eu lhe dizia em tom de brincadeira que o mundo de seus livros me lembrava as ilustrações dos rebus em *La Settimana Enigmistica*.[11] Todas as coisas eram reconhecíveis, reais, mas davam um passo para trás em relação à sua concretude. Se existiam, era graças à palavra exata e genérica que as nomeava. Munido de um cobertor invisível, Rocco sacudia a poeira da experiência de cada um de seus objetos. Em suma, era um mundo feito de *nomes comuns*: ruas árvores igrejas lojas carros eletrodomésticos.

A despeito de ser uma pessoa que sempre se lamentava da pouca consideração que seus contemporâneos lhe tinham, Rocco gozou de um tratamento editorial mais que invejável. Com cadência quase regular, depois de seu primeiro romance a Feltrinelli lançou: *Il comando*, em 1996, e *L'assedio*, em 1998; e a Mondadori: *L'apparizione*, em 2002, e *Libera i miei nemici*, em 2005. Contudo, a decepção de

11 *La Settimana Enigmistica* foi um periódico fundado em Milão, em 1932, pelo engenheiro sardo Giorgio Sisini, de origem nobre. Entre as sessões da revista, havia «La pagina della Sfinge», isto é, o espaço dedicado aos rebus, conhecida como «L'antologia di Edipo o Vetrine di rebus».

Rocco, devo admitir, não era de todo infundada. De resto, na vida humana não há apagamento verdadeiro, e basta imaginar alguns motivos da frustração para encontrá-los lindos e prontos na realidade. Se isso é verdade para todos, o que dizer de um campeão do ressentimento cósmico como ele? Rocco imediatamente percebeu que seus livros não tinham sucesso. Não se dava conta de que, com todo seu ascetismo, contenção e tristeza, suas obras eram feitas para paladares refinados. Enquadrados pela lente de uma luneta invertida, seus personagens não despertavam a emoção capital em situações de consenso narrativo, ou seja, a identificação. Como alguém que parecia não ter nem pálpebra poderia piscar o olho para o leitor? Como de costume, Rocco, que jamais praticou a sábia arte de transpor obstáculos intransponíveis, começou a procurar pelo em ovo diante do sucesso fugidio. Tinha, a seu lado, exemplos muito nobres: Henry James ou Joseph Conrad consideravam indecorosas as tiragens e vendas de seus romances; sentiam-se culpados por isso. Um romancista sem leitores, pensavam, é como um estado-maior sem exército. Lembro de fins de semana inteiros gastos examinando a questão de cada ponto de vista. Naquela época Rocco estava casado com Samantha Traxler, e muitas vezes estive com eles por alguns dias, no magnífico casarão da família de Samantha, em Nugola, não muito longe de Pisa. Um típico casarão de planta veneziana construído na Toscana por puro capricho, com lareiras enormes e troféus de caça pendurados no alto das paredes, rodeado por um jardim imenso no qual viviam soltos dezenas de gamos. Se chovia na noite anterior, Rocco adorava sair à procura de cogumelos, que comíamos no jantar, esperando que ele não tivesse cometido nenhum erro fatal de avaliação. No entanto, era melhor correr o risco de envenenamento do que questionar sua competência. Com uma cesta de vime debaixo do braço, dirigia-se ao bosque à caça dos *funghi porcini*. Em teoria, esse foi o período que poderíamos definir como os *bons tempos* de Rocco. Em parte, e em certas ocasiões, sem dúvida. Rocco amava Samantha, e aos muitos amigos de Roma se somaram os conhecidos em Paris. Em Nugola, quando chegava o verão, havia festas com centenas de pessoas que ficavam ali até o amanhecer. Na garagem, brilhava uma BMW vermelha luzidia, presente de núpcias dos pais dele. Nessa época entrou em cena sua nova identidade ficcional. Don Ciccio Ingravallo se tornou o fantasma de um período de adaptação já concluído. Agora era Jay Gatsby quem lhe dava uma ideia total de si mesmo. Infelizmente, todos esses espelhos que a literatura nos oferece são deformadores, como aqueles dos parques de diversão — eles nos tornam inverossimilmente magros, ou obesos, e nos convencem a nos reconhecer na deformação. Não digo apenas em livros, mas também no universo não há nada que de fato se pareça com a gente, nós não somos semelhantes, e qualquer forma de identificação, afinal, não passa da sobreposição aleatória de sombras fugitivas. Também é verdade que Rocco via, na parábola do herói de Fitzgerald, sentidos que não podiam deixá-lo indiferente. Em *Gatsby*, como em seu grande modelo que é *Martin Eden*, de Jack London, outro livro que Rocco consultava como a uma Bíblia, o tema de uma vida que surge do nada e tem uma ascensão social torna-se preponderante, e se liga não só a uma carreira (de atividade ilícita para Gatsby, e literária para Martin Eden), mas também ao vínculo (impossível) que une o herói a uma mulher de classe nitidamente mais alta. Esse esquema, ou a conquista da garota *de boa família*, era tão repetido e declinado por Rocco em todas suas possíveis nuances que, na minha opinião, é difícil não pensar nesse aspecto em relação à sua história pessoal. No sentido de que não era um acaso. Rocco era muito cavalheiro para tirar, mesmo remotamente, qualquer vantagem de natureza material dessas relações. Entretanto, a alta burguesia, e, em alguns casos, até mesmo a aristocracia, exercia sobre ele um fascínio pelo fato de ele se sentir desenraizado e, em última análise, um *parvenu*.[12] Fascínio que facilmente se transformou em tensão erótica.

12 Termo em francês, no original: pessoa que acaba de ascender a uma classe socioeconômica mais alta.

Ele sempre dizia que uma pessoa pode alterar sua aparência, pode apagar suas tatuagens, mudar de nome e endereço, mas a origem social sempre a seguirá como uma sombra e uma marca indelével e reveladora: a única capaz de distinguir os homens entre si. Nas mulheres que amava (e as amava de verdade, de modo impetuoso e possessivo) sempre via alguma fraqueza, uma compreensão da realidade limitada pelo privilégio, a ser remediada por ele, visto que havia conquistado cada coisa partindo do que considerava ser o degrau mais baixo. Se havia uma forma certeira de chateá-lo, de atingi-lo em cheio, obrigando-o a invocar todas suas defesas, era precisamente fazê-lo entender que sua vida amorosa seguia esse catastrófico esquema narrativo com uma coerência impressionante. Foi o motivo de algumas brigas furiosas entre nós, seguidas de caras feias intermináveis e alfinetadas recíprocas. Eu também pertencia, como muitos de seus amores, à classe a que Rocco, com uma ingenuidade surpreendente para uma pessoa de sua inteligência, atribuía, *ipso facto*, uma existência mais fácil e mais protegida. E sempre o lembrei de que ele não havia crescido num campo de refugiados da Eritreia, ou numa favela brasileira. Ok, ele sempre se virou sozinho, ninguém podia negar; mas mitificava em excesso diferenças de origem e de educação que me pareciam simples matizes no grande oceano da normalidade burguesa. O que me desagradava era que Rocco, nesses ataques de orgulho e rancor, perdia de vista o indivíduo em favor de abstrações sociológicas verossímeis, porém aproximativas, como tudo o que diz respeito à humanidade em geral. Ao passo que a vida dos indivíduos, como seres mortais, é difícil indistintamente, e certas vantagens estabelecidas pelo destino podem se revelar obstáculos futuros, ou se tornar, ao fim e ao cabo, totalmente irrelevantes. A beleza das brigas com Rocco é que não serviam absolutamente para nada: era impossível convencê-lo de algo, e, se em algum momento ele desejava fazer as pazes, com a mesma urgência que o levara a se preparar para a guerra, nenhuma sabedoria dialética era eficaz o suficiente para fazê-lo mudar de ideia. Certo dia, inventamos um diálogo apócrifo de Platão intitulado *Rocco*, como *Fedro* ou *Crátilo*, no qual o pobre Sócrates, com toda sua notória maiêutica, voltava para casa decepcionado e derrotado pela teimosia sobre-humana do interlocutor. Quantas vezes Rocco *fez as pazes* comigo, com Marco, com todos que o queriam bem? Só mais tarde, com o tempo, quando ele já não estava aqui, muitos de nós percebemos que as polêmicas, os caprichos e as agressões, muitas vezes propiciadas pelo álcool, tinham a ver com a camada mais íntima e indefesa da natureza de Rocco, eram uma forma de ocupar o centro das atenções e demandar o afeto do qual se sentia sempre em crédito. Jamais conseguia perceber um bem-querer silencioso, sem manifestações tangíveis. E, se o preço daquilo de que mais precisava era fazer com que os outros se sentissem culpados, pois bem, eles assim se sentiam!

É muito fácil entender que, mesmo introduzindo seus livros, além de sua própria pessoa, nessa difícil e quimérica arena afetiva, o que ele obtete da literatura estava longe de apaziguá-lo. E, se não tivesse havido pelo menos algumas vendas, ainda que fracas, ou certa condescendência que ele percebia neste ou naquele crítico, a infelicidade com certeza daria cria. Acreditamos que somos infelizes por algum motivo e não percebemos que é exatamente a infelicidade que vive produzindo seu próprio teatro de causas que, na realidade, são apenas suas máscaras, e boa parte de nossa vida — esperemos que não toda! — foi atravessada por batalhas contra *problemas aparentes*: sentimentais, criativos, econômicos... Chegado a este ponto, preciso pôr na mesa uma carta que lamento mostrar, mas que não deve pernamecer oculta, pois é muito importante para a perspectiva desta história. Garboli, em seu grande ensaio sobre a vida do escritor Antonio Delfini, disse que em toda amizade existe um remorso. Pois bem, em geral, se isso é verdade, em meu caso o remorso é tão grande quanto uma montanha que lança sua sombra em cada palavra que estou escrevendo nesta primavera de 2019, onze anos depois da morte de Rocco. Vou direto ao ponto: num fim de semana em Nugola, no qual talvez tenha passado a perceber com maior acuidade que Rocco de fato me ouvia pouquíssimo, porque o que lhe importava era sempre expor seus problemas, comecei a me afastar dele. A comunicação com Rocco nunca foi particularmente fácil; agora, porém, ele parecia só ter interesse pelo outro quando percebia sua capacidade de prestar atenção nele, quanto mais passiva, melhor — sua *fidelidade*, para usar uma palavra típica de seu léxico moral antiquado. Já é difícil dar um bom conselho, mas, quando alguém que fala com você só quer ser escutado, então não há mais nada a fazer. E foi assim que me afastei. Rocco pertencia a um círculo muito íntimo de amigos, ao longo dos anos tornou-se o que costumamos chamar de uma pessoa da família. Nesse pequeno grupo, sabíamos tudo a respeito de todos, até mesmo nos mínimos detalhes fisiológicos. Não éramos mais do que vinte pessoas, entre homens e mulheres, ligadas por uma rede de conhecidos mútuos muito íntimos, como acontece quando se é jovem e se sente a necessidade de dizer tudo a alguém, ou quase tudo. Não fazia sentido romper com Rocco porque não conseguia me entender com ele, ou porque não me importava em nada o sucesso de seus livros, como o sucesso de qualquer outra pessoa, considerando-o um fato desejável em si, mas completamente fortuito ou atrelado a circunstâncias imperscrutáveis. Sempre estivemos unidos pela confiança. No entanto, mesmo dessa maneira doce, sem jamais falar de um conflito, podemos aos poucos acabar nos distanciando muito. Roma é uma cidade particularmente propícia a esses desaparecimentos, durante os quais, paradoxalmente, muitas vezes acabamos nos encontrando, pois temos os mesmos amigos e vivemos sempre no mesmo ambiente, mas alguma coisa produziu uma distância sideral entre nós. Tinha certeza de que restabeleceria um período de intimidade — o que, de alguma maneira, acabou por acontecer depois. Rocco, porém, não era de Roma, e era uma pessoa muito autêntica para me deixar escapar impune desse tipo de *férias* que decidi tirar dele. Ele me questionou sobre isso mais de uma vez, pondo-me contra a parede, exigindo uma resposta precisa. Eu o irritava, assegurando-lhe meu afeto, dizendo que às vezes os caminhos se bifurcam para se reencontrar depois... coisas razoáveis, mas que com certeza não o convenciam. O problema era exatamente este: não podia lhe responder porque não conseguia mais me fazer entender, não conseguia pisar na pedra escorregadia de seu desespero. Não me dei conta de que Rocco estava dando passos largos em direção a uma sombra cada vez mais escura, capaz de transformá-lo num perdedor. O adversário que sempre o atingiu jamais havia proferido ataque tão inesperado. E continuar a beber naquelas circunstâncias foi um erro muito grave: foi como escancarar as portas para o inimigo. Chegou o momento em que a distância que eu havia criado (sem jamais confessá-la de todo) entre nós dois se tornou tão grande que eu já não tinha notícias dele, senão vagas e indiretas. Depois de tentativas inúteis de botar as coisas em pratos limpos, já não nos falávamos sequer ao telefone. E, justamente no período de maior perigo, eu estava tão longe dele que devo dar um salto à frente na história que estou contando, saltando o buraco, o rasgo no tecido criado por minha culpa, para retomá-la lá do outro lado.

Mas, antes de falar da obra-prima de Rocco, retomo com prazer a «senhorita inglesa» dos velhos tempos: uma espécie de Mary Poppins invertida, nada pedagógica, dotada de perigosas reservas de incoerência e suscetibilidade, estranhamente amalgamadas com uma doçura de caráter que por vezes irrompia de forma comovente por meio de gestos irônicos e maliciosos. Nós nos conhecemos em Frosinone, num dia gélido de dezembro de 1987. Haviam organizado um congresso sobre Tommaso Landolfi[13] em moldes diferentes do que em geral são idealizadas essas ocasiões soporíferas e pantanosas, nas quais uma série de «especialistas» pega o microfone para ler textos intermináveis, enquanto ao público só resta rezar para que o tempo passe de uma forma ou de outra, invocando em silêncio um terremoto ou uma invasão alienígena que ponha fim ao tormento. Engenhosos, os idealizadores do evento colocaram

---

13 Tommaso Landolfi (1908-1979), escritor, poeta e tradutor italiano.

no programa, ao lado de alguns professores de literatura, uns seres humanos mais variados, sem nenhum título acadêmico: talentos emergentes variegados que publicavam seus ensaios e poemas nas revistas *underground* que ainda circulavam naquela época. Disso resultou, e o livro publicado com as comunicações foi testemunha, um caso de vitalidade e espontaneidade raríssimo, o que talvez não tenha desagradado ao irônico, aristocrático e impecável espectro de Landolfi. Em tudo isso, o papel de Pia consistia em uma apresentação (mais longa do que as demais) sobre as traduções russas do mestre. Bastaram os poucos dias de congresso e um passeio aos muros ciclópicos de Alatri para que fossem plantadas as sementes de uma amizade que duraria tanto tempo. Compreendia-se de imediato que Pia era um ser bizarro, absolutamente não conformista, verdadeiro tesouro no deserto social e no cativeiro das boas maneiras intelectuais. Para dar um exemplo: embora estivesse envolvida em austeros trabalhos de tradução de antigos textos religiosos, coisas do tipo *Vida do arcipreste Avvakum*, ela gostava de escrever sobre sexo, e de maneira muito desenvolta, isto é, sem desvanecer quando os personagens chegavam às vias de fato. Como todas as pessoas inteligentes que se dedicam ao antigo problema de um equivalente verbal plausível para o sexo, em certas ocasiões Pia preferia termos que estavam mais próximos da pornografia do que do erotismo hipócrita barato de tantos romances voltados para senhoras, os quais são o único lugar do mundo em que pau se torna «membro», e tantas outras amenidades afins. O decoro, com todo seu recurso a uma terminologia que não tem correspondência em nenhum uso da fala real, é uma das formas mais insidiosas de feiura e veleidade em literatura, e Pia estava muito mais ciente disso do que a maior parte de suas colegas. Os defensores da superioridade do erotismo sobre a pornografia compartilham, há séculos, da mesma estupidez obsoleta, não corroborada por nenhuma experiência prática: isto é, que a visão turva e indireta, ou, dito de outro modo, metonímica, é mais excitante do que os órgãos e seu funcionamento. Mas desde quando? Onde é que essas pessoas vivem? À parte o fato de que os órgãos genitais e suas adjacências são belíssimos, o erotismo é apenas censura civilizada de lugares-comuns de segunda mão. Assim, em suas primeiras tentativas Pia incorporava à perfeição uma atitude filosófica, ou uma forma de entender a vida que poderíamos definir precisamente como libertina. O problema desse tipo de escrita é que as palavras devem despertar no leitor um tesão autêntico. Imaginando, à sua maneira, o que lê, o leitor se deixa corromper de alguma forma: Marquês de Sade é o mestre supremo desse embaraçoso trabalho de sugestão. Se conservo uma imagem pornográfica, terei uma reação subjetiva, mas a imagem continua sendo a mesma. A escrita é mais insidiosa, porque sou *eu*, enquanto leio, que dou forma e vida a uma sugestão puramente verbal. Essa colaboração é uma forma refinada e suprema de masturbação. Em suas primeiras histórias, parte delas publicadas no livro *La bellezza dell'asino* [A beleza do asno],[14] Pia muitas vezes recorre a antigos truques de repertório sempre eficazes, como o diário falso ou a troca de cartas, que criam a ilusão de espiar uma confissão destinada a ficar em segredo, ou dirigida a alguém em particular. Reli uma dessas histórias, *Carta a Titti*, na qual a protagonista — uma adolescente cuja mãe a deixa sozinha em Milão, durante as férias de agosto, para que se prepare para as provas de recuperação — finge ser uma puta e começa a seduzir um homem adulto que vê pela janela. O acontecimento picante não consiste apenas numa longa noite de sexo com o estranho (ele sabe muito bem que a protagonista não é, de forma alguma, o que afirma ser), mas também no fato de que sua relação com a amiga, a quem descreve a aventura, como descobrimos pela leitura, está longe de ser inocente. Em suma, Pia pressupõe que a destinatária fictícia da história está disposta a se excitar lendo as façanhas da falsa amiga puta, e essa é uma boa maneira de orientar a reação dos verdadeiros destinatários, ou seja, nós, os leitores. Dada essa premissa narrativa, a linguagem ganha franqueza e precisão: nesse gênero de escrita, quanto mais simples e confidencial for a palavra, tanto mais eficaz. Cito

14 Publicado pela Marsilio Editori, em 1992.

com prazer. «Olha, isso vale um extra de cem pilas, já vou te avisando, e começo a chupar ele, apertando e puxando as bolas, lambendo tudo ao redor.» E ainda: «Enquanto ele goza na minha boca, eu também gozo. Sabe que gosto tem? Gosto de mel amargo de medronheiro, só que a consistência é outra, parece que a gente está engolindo ovo cru».

A protagonista da história de Pia é exatamente o que define uma «ninfeta». E também o lindíssimo título da primeira coletânea, *La bellezza dell'asino*, que declina em chave erótica o célebre conto de fadas, é influenciado pelo «lolitismo» em que Pia se viu enredada por longos anos, naquele que com certeza foi o projeto mais ambicioso e o fracasso mais doloroso de sua juventude: a reescrita da obra-prima de Nabokov a partir do ponto de vista da protagonista. Temo nesse período ter desempenhado o papel ingrato do amigo desencorajador. Deduzo isso de algumas passagens das cartas de Pia em que ela me censurava por eu só me interessar por outro grande trabalho em que ela estava mergulhada, a tradução de *Eugênio Onêguin*, de Púchkin, enquanto demonstrava frieza diante de sua ideia de reescrever *Lolita* de uma perspectiva feminina. Penso que em literatura a sinceridade, sobretudo se dirigida a amigos, é diretamente proporcional ao estado em que se encontram os originais. Se o livro já está na livraria, com sua linda capa e o código de barras ao lado do preço, qual o sentido de aporrear? Nesse ponto, o amigo, a mulher ou o amante devem, no mínimo, encorajar e eventualmente consolar. É inútil chorar sobre o leite derramado, ou criticá-lo. Em vez disso, quanto mais se retrocede em direção ao inacabado e ao remediável, quando o investimento psicológico ainda tem margens de segurança, mais a sinceridade pode desempenhar um papel até mesmo salvífico, não gerando rancores graves. Ainda hoje acredito que eu tivesse razão: a tradução de *Onêguin* é uma obra-prima de leveza, lirismo e flexibilidade, verdadeira homenagem à língua italiana e seus poderes miméticos; *Diário de Lo* (publicado em 1995) tem passagens muito bonitas, ainda merece encontrar um ou outro leitor curioso, não é enfadonho. Em suma, os ingredientes estão todos ali, mas, como diz o chef Cracco aos concorrentes aterrorizados do *Hell's Kitchen* italiano, Pia não conseguiu «fechar o prato». Minha hostilidade se deve sobretudo ao fato de que um romance assim concebido não pode ser opaco ao leitor que não leu a obra-prima de Nabokov. O ponto de vista de Lolita, em vez daquele de Humbert em seu memorial, só pode ser apreciado caso se conheça o original. Esse tipo de *literatura derivada*, da qual temos inúmeros exemplos, é muito baseado na cultura do leitor, o que, na minha opinião, o impede de voar livre em direção a uma imagem verossímil do mundo. Em uma carta enviada de Londres, em papel decorado com perfis lindíssimos de Ganesha e outras divindades indianas, Pia me censurava por idealismo excessivo, mas ainda hoje, quando leio um release ou uma crítica de livro desse gênero (o mais recente que notei: a *Ilíada* narrada do ponto de vista de Briseis), pergunto-me para que diabos serve um esforço dessa natureza. A favor de Pia também devo dizer que, pelo menos em sua vontade de narrar a história do ponto de vista de Lolita, não havia pretensões absurdas de fazer uma reparação «feminista» do personagem, como está tão na moda em nossos dias. No entanto, o desgosto relacionado ao livro provém de circunstâncias externas e totalmente imprevistas. Pia não havia pensado, de forma alguma, que *não era permitido* usar um personagem e uma história inventados por outra pessoa — a menos que, como diz a lei, houvesse uma distância de setenta anos após a morte do autor. A indústria cultural moderna exaltou de maneira fraudulenta a *inventio*, que na retórica antiga tem um papel em geral insignificante, transformando o autor em um inventor de tramas protegido por copyright. E, assim, o filho de Nabokov, um conhecido cantor de ópera, ficou enfurecido com a reescrita de Pia. A edição norte-americana do livro foi recolhida das livrarias, ou algo parecido, e algumas controvérsias interessantes vieram à tona, mas para Pia eram muito desagradáveis porque feriam seu vivíssimo sentimento de justiça e injustiça. Ela, uma ladra! Segundo Pia, Nabokov criou uma mitologia, e os mitos são de todos e de ninguém. Assim como não se pode impedir que alguém fale, como quiser, dos amores de Zeus e Leda, ou da astúcia de Hermes, então Humbert e Lolita, segundo Pia, são um patrimônio humano suscetível a todas as formas de reelaboração. Ao inferno, disse Dmitri Nabokov: se quiser fazer isso, vai ter que pagar. O embargo nos Estados Unidos angustiou e feriu Pia para além dos limites de um acidente profissional normal. Ela não tolerava que alguém pudesse lhe atribuir o menor indício de má-fé. Segundo o crítico Francesco Cataluccio, a decepção foi tão arrasadora que a afastou da literatura, ou melhor, do papel de «autora», e fez com que trilhasse outros caminhos. Em teoria, Pia tinha razão, deveria haver mais liberdade nessas coisas, pois, afinal de contas, era o amor que tinha pelo livro que alimentou aquela ideia em sua mente. Tinha argumentos para dar e vender, mas lei é lei, e Pia estava contra a lei. Por fim, foi forçada a um acordo que considerou, com ou sem razão, muito humilhante. E, como sempre acontece nesses casos, sentiu-se sozinha, sem entender que seu caso era daqueles que inflamam os envolvidos, mas sobre o qual as pessoas não têm muito o que fazer.

No inverno de 2002, recebi pelo correio o livro recém-publicado de Rocco, com uma dedicatória genérica («Uma lembrança de Rocco») escrita em sua caligrafia impecável, pontiaguda como uma crista dolomítica. O título era *L'apparizione* [A aparição], publicado na Oscar, uma coleção muito elegante da Mondadori, reservada às novidades. Na capa, um perfil feminino misterioso de Odilon Redon.[15] Lembro ter lido o livro quase todo durante uma tarde, e depois terminei a leitura à noite, de uma só tacada, como se diz. Continuava dominado pela admiração, e também pelo desgosto em relação ao sentimento experimentado por Rocco nos anos em que me afastei dele. Enquanto lia o que por consenso se pode definir como sua obra-prima, percebi a fina precisão do método *alegórico* que é a característica principal da prosa de Rocco. Convém dedicar a tal método algumas palavras, porque ele é com

---

15 Bertrand Redon (1840-1916), pintor e artista gráfico francês, mais conhecido como Odilon Redon.

certeza a expressão da profunda originalidade artística de seu autor, e a razão pela qual um livro como *L'apparizione* merece, sem dúvida, sobreviver a quem o escreveu. Para entender o que digo é preciso tentar compreender qual é o sentido desse mundo tão indeterminado, genérico, tornado cinza, que Rocco sempre representava em seus livros. À primeira vista é um cenário muito normal, contemporâneo, perfeitamente reconhecível como tal. A generalidade do léxico evoca edifícios, carros, escritórios, lojas, interiores de casas... E, no meio desse mundo de nomes comuns, sempre vagamente inatingível, sem dúvida há personagens que interagem entre si. Só depois de um tempo nos damos conta de que o que estamos lendo não é um romance como tantos outros. Porque esse mundo exterior, na realidade, só existe na cabeça do personagem. Ou melhor, é um espaço mental, uma projeção, aquela que os hindus chamam *maya*. E, claro, maya é uma magia poderosa, um atributo dos deuses. O mundo nos engana e nos faz crer em sua essência divina, em sua existência fora de nós — e o romancista também. Mas, na realidade, o que parece apenas se mover no exterior também se agita no interior de uma única consciência. Ilusão em si mesma, sua atividade não cessa de produzir ilusões. Em outras palavras, a consciência narra, e esse processo narrativo é essencialmente um processo de diferenciação. Assim como a candura da luz se decompõe no espectro de cores, o espaço mental se decompõe numa pluralidade de personagens que, em seus movimentos de atração e repulsa, dão vida a uma trama. Os escritores da antiguidade tardia e da Idade Média tinham até mesmo um termo técnico para designar esse tipo de pluralidade ilusória: *psicomaquia*. A psicomaquia típica podia ser uma batalha entre virtudes e vícios: Luxúria versus Castidade, Avareza versus Caridade etc. Por fim, o sentido moral desse tipo de obra é que todas essas entidades fazem parte de uma única realidade psíquica, de um único indivíduo — cada uma personifica uma característica, uma inclinação especial dele. A soma de todos os vícios e de todas as virtudes resulta na singular alma do cristão que luta por sua salvação. Nem preciso dizer que na narrativa de Rocco esse esquema de representação sobrevive de maneira pura, sem finalidade teológica e moral. Assim, basta ler através dessa lente *Per il tuo bene* [Pelo seu bem], um lançamento póstumo: não seriam os dois protagonistas, com suas características opostas e simétricas, as duas metades de um personagem que a história tenta desesperadamente montar, numa luta lancinante contra o tempo? Em todos os livros de Rocco, desde *Agosto*, acredito que se possa reconhecer a marca desse esquema. O aparecimento do outro não é a epifania de uma alteridade real, mas significa o surgimento de uma parte oculta, ou removida, da consciência.

No centro do método de representação alegórico, portanto, encontra-se o procedimento da *personificação*. Não apenas as potências e as inclinações que disputam o governo do indivíduo, mas também todo tipo de emoção, perturbação e desejo pode ser retratado no semblante de uma pessoa. Nos termos da filosofia clássica, a imaginação literária e artística é autorizada a tratar um *acidente* como se fosse uma *substância*. Não por acaso, nas igrejas românicas e góticas as virtudes têm a aparência de um grupo de mulheres lindas, e os vícios são representados como indivíduos obscenos, desagradáveis à vista. Essas figuras tão ricas de significado são semelhantes a nós e, ao mesmo tempo, mais poderosas e perfeitas do que nós. Mesmo quando expressam um único aspecto entre os muitos de um indivíduo, as suas são prerrogativas de deuses, ou de demônios. Escrevendo *L'apparizione*, que por muitas razões é sua obra-prima, Rocco atingiu o limite de eficácia de sua poética, conferindo o perfil de um tipo de divindade, silenciosa e evasiva, ao transtorno mental que mina a existência do protagonista. O que nasceu no interior da psique é imaginado nas vestes de alguém que vem de fora e que, de fato, *aparece*. É um jovenzinho de aspecto normal, com roupa de ginástica, que ronda uma casa de campo e é tomado por ladrão. Esse jovenzinho é a *mania* que se apodera de sua vítima a ponto de levá-la à extinção, num crescendo tragicamente inelutável que só pode ser relatado com o uso da terceira pessoa. Fruto de um longo e exaustivo trabalho de burilamento, as páginas que descrevem essa teofania podem ser consideradas perfeitas. Rocco se colocou por inteiro, no sentido literal da expressão. Tratava-se do episódio fundamental de sua literatura *porque* era o episódio fundamental de sua vida, a experiência direta do Insuportável que ele não havia conseguido, depois de tanta resistência, rejeitar e adiar. Viva e palpitante matéria autobiográfica, portanto: como negar? Mas também teologia, na única forma pela qual a imaginação de um homem de hoje pode praticá-la, ou seja, realizando a perfeita e indiscutível identidade do divino e do patológico. A tal propósito, gostaria de ressaltar que não conheço escritor que, mais do que Rocco, tenha feito bom uso da lição artística implícita em alguns célebres ensaios de James Hillman, nos quais os mitos gregos são contados e interpretados à luz da memorável sentença de Jung: «*Os deuses tornaram-se doenças*». Lembro perfeitamente, entre os livros que Rocco levava de uma casa à outra, dispondo-os em suas prateleiras extremamente organizadas, de alguns volumes de Hillman quase desgastados pelo uso intenso e repetido. E quando ele foi levado a narrar o momento exato em que o laço do delírio se fecha ao redor do pescoço do protagonista, pareceu-lhe natural representar esse encontro destrutivo com o destino em termos de uma aparição divina, fazendo do estranho e silencioso adolescente em roupa de ginástica, que poderia ser confundido com um simples ladrão, um deus, ou melhor, como o próprio Hillman teria dito, um deus incapaz de trazer a salvação, um arquétipo *doente*.

As notícias escassas e imperfeitas que nessa época me chegavam de Rocco coincidiam perfeitamente com a história contada no livro. Como o protagonista de *L'apparizione*, Rocco passou por uma crise maníaca catastrófica, uma espécie de delírio prolongado em que acreditava amar uma mulher, e que ela lhe retribuía esse amor imaginário com a mesma intensidade alucinada. Seu casamento com Samantha não resistiu ao impacto, e ele teve de se tratar seriamente para conseguir sobreviver, continuar a trabalhar, construir do zero uma vida aceitável. Terminei a leitura de *L'apparizione* tarde da noite, e estava ansioso para que o dia seguinte chegasse logo, a fim de telefonar a Rocco, dando um fim à distância criada entre nossas órbitas. Termos nos reencontrado foi bom para ambos. Disse-lhe que, enquanto lia o livro, me veio à mente a imagem poética do náufrago de Dante, o qual, tendo chegado à costa «com energia ofegante», contempla o mar em tempestade e o perigo superado por um triz. Rocco gostou da comparação, e com sua precisão habitual citou, sem errar, a tercina do primeiro canto do *Inferno*. Ao lado de uma frase curta, retirada de *Descrição da Grécia*, de Pausânias («Para os seres humanos apenas a realização do amor vale a vida»), como epígrafe de *L'apparizione* se lê uma citação longa do célebre e respeitável, bem como famigerado, DSM, ou seja, o *Diagnostic and Statistical Manual of Mental Disorders*, da Associação Americana de Psiquiatria. Trata-se da definição do episódio maníaco, «período durante o qual há um humor anormal e persistentemente elevado, expandido ou irritável». Essa condição é em geral acompanhada de «um aumento da libido», e o indivíduo tende a empreender «várias aventuras novas, sem se preocupar com os riscos aparentes ou com a necessidade de completar satisfatoriamente cada uma». A leitura de *L'apparizione* me encheu de alegria, com base no pressuposto de que, se alguém é capaz de narrar tal desordem e tal catástrofe, então de alguma maneira essa pessoa se salvou. Alguma coisa se recusava à identificação total com o mal, e nessa recusa havia o germe de um ponto de vista e, portanto, de uma história. Perguntei a Rocco se ele interpretava a escrita do livro como uma espécie de cura. Ele disse que havia pensado em algo assim não tanto durante a escrita do livro, mas no momento de sua publicação, quando ele se torna um artefato com preço e capa — um objeto que enfim pode ser comprado, dado de presente. Tinha consciência de que jamais fora empurrado tão longe no território selvagem da verdade. Salvo um punhado de páginas no início e no fim, que pagam tributo a uma construção ficcional, e são as menos interessantes, a maior parte do livro consiste num relatório clínico cruel de um caso de *mania*. O emprego da terceira pessoa (o protagonista se chama Iano) só torna mais lúcidos e nítidos os contornos de um mundo interior que se estilhaça em avanço acelerado, sem a possibilidade de intervenção de recursos autênticos e eficazes. Convencido de viver uma grande história de amor — que na realidade só existe na sua cabeça —, Iano destrói completamente sua existência, como se sua concretude não passasse de ilusão, uma sutilíssima parede de papel que o separava da loucura e que um sopro foi o suficiente para derrubar. Angustiante e implacável em suas etapas, a *patografia* resultante dessa experiência é uma leitura inesquecível e um resultado artístico de primeira. Rocco estava consciente de que a experiência, em si, não é senão matéria amorfa, sem dimensões, esteticamente irrelevante. Uma vez dobrado o cabo Horn, não importa do que se trata, o trabalho ainda está por começar. Em *L'apparizione*, a elaboração artística começa justamente quando a anatomia da loucura busca um caminho diferente daquele da linguagem psiquiátrica. A citação do DSM soa quase antifrástica no que diz respeito às intenções e à estratégia de Rocco.

Não é que a literatura seja mais «elegante», ou mais «metafórica» do que a psiquiatria — tampouco se pode atribuir a ela oficialmente maior grau de autenticidade ou profundidade. Vale muito mais meia página de um escrito de Freud do que bibliotecas inteiras de romancezinhos intimistas. E nem mesmo se pode dizer que seja uma questão de habilidade e de horizonte cultural. No entanto, há uma diferença, e poderíamos dizer que é uma das chaves mais importantes da obra de Rocco, considerada em sua totalidade. Para ser eficaz, a psiquiatria, que é um modelo de conhecimento que tem por objetivo formular diagnósticos e estabelecer terapias, deve abstrair, reduzir a multiplicidade dos casos e dos sintomas a repetições, criando algumas definições: histeria, paranoia, depressão, episódio maníaco... Ao contrário, a literatura deriva sua própria razão de ser da recusa de toda generalização: é sempre a história *desta* pessoa, construída em sua unicidade, artificial e prisioneira de sua singularidade. E, portanto, a literatura, caso fale de uma doença, só pode transformá-la em uma *doença sem nome*, a única que se pode comparar dignamente ao entrelaçamento irrepetível entre destino e caráter, contingência e necessidade, que dá vida a um personagem.

Durante o longo telefonema falando de *L'apparizione*, aconteceu uma coisa de que nunca me esqueci, sem que no entanto eu seja capaz de lhe atribuir um significado. Ainda estávamos no inverno e o sol se punha cedo. Ouvia a voz de Rocco e olhava para fora quando por acaso meu olhar se deteve num passarinho suspenso no ar à luz do crepúsculo. Por um tempo brevíssimo, mas significativo, me intrigou que ele estivesse ali imóvel, como um drone atual. Ele deu duas batidinhas de asa e em seguida se precipitou como um peso morto, como se tivesse tido um ataque cardíaco ou tivesse sido perfurado por um dardo invisível lançado por algum espírito caçador da noite. Diante de coisas muito estranhas, qualquer explicação parece mais ou menos verossímil, mas nunca totalmente confiável a quem gostaria apenas de deixá-la de lado e esquecê-la. Estava prestes a interromper Rocco e informá-lo desse estranho acontecimento, um passarinho estatelado em pleno voo, mas um rápido instinto me disse para guardar o acontecimento para mim. Se era um presságio, não era necessariamente fatal. Uma intuição repentina me levou a interpretar a cena como se o passarinho fosse uma espécie de bode expiatório que assumia em definitivo todo o mal sofrido, deixando-nos livres para gozar a vida que nos restava. Porém, para além de presságios e bodes expiatórios, sempre difíceis de serem reconhecidos, de uma coisa tenho certeza: entre os muitos êxitos de minha vida, um dos maiores e inestimáveis foi ter conseguido recuperar e desfrutar da amizade de Rocco por mais alguns anos, até que o destino o tirou de nós não menos rapidamente do que a vida do passarinho — tê-lo reencontrado, ter conseguido, de alguma maneira, sem dúvida imperfeita, expressar a Rocco o quanto gostava dele.

Há um tipo de sabedoria que consiste em esperar a verdade como um eremita no deserto, cercado de seus próprios hábitos, insensível à variedade de mudanças no mundo. Pode ser, mas Pia era de uma raça totalmente diferente: cavalaria ligeira. Enquanto lambia uma ferida, já estava de pé. Sua forma de resistência, ou de salvação, consistia em mudar de direção, fazendo fibrilar a agulha de sua bússola em busca do norte de que necessitava. Livre de preocupações econômicas, podia concluir muitos capítulos, fosse como editora da Garzanti ou professora de literatura russa. Com quarenta anos, tinha inquietações de adolescente e conservava intacta, como um capital a que não podia renunciar, sua predisposição inata para o experimento. Se tinha uma imagem de si mesma, ela ainda não era definida a ponto de representar algum vínculo. Eu a sentia cada vez mais próxima da indeterminação. Ela viajava muito e continuava a praticar sua curiosidade pela bizarrice humana, e, se a ocasião se apresentasse, enriquecia sua coleção de «vermes» com novos exemplares.

Numa carta escrita no verão de 1995, pouco depois do casamento de Rocco, ela me descreve uma noite passada em um estranho clube de Londres, na companhia de um amigo, que era muito corcunda, do dono do bar, com «um nariz de esponja gigantesco e monstruoso», e de uma mulher estranha, que era gaga. Em certo trecho, comenta: tenho a impressão de ser como a Alice de Lewis Carroll. Em outra carta, entusiasmada com a descoberta, agradece por eu lhe ter emprestado um exemplar em péssimas condições de *Mentira romântica, verdade romanesca*, de René Girard — o livro famoso e genial sobre o desejo como imitação do desejo dos outros. Levou o exemplar quando viajou para uma floresta no Báltico repleta de reflexos violeta fascinantes e extraordinários. Um dia me enviou um pacote de biscoitos feitos por ela, e nele encontrei um bilhete, no qual me pedia perdão por alguma coisa de que não me lembro: não consigo imaginar um gesto indelicado de Pia, ou um motivo para briga, tanto que suspeito que esse bilhete acabou entre meus papéis por engano, e que as desculpas e os biscoitos eram para Rocco, que seria capaz de se ofender até mesmo com o Bambi. Em janeiro de 1996, a Marsilio Editori publicou, em uma coleção organizada pelo eslavista Vittorio Strada, sua tradução de *Onêguin*, em versos livres de extraordinária leveza, que refletiam todas as melhores qualidades de Pia: a malícia, a inteligência brilhante, a emoção metafísica no ponto certo. Qualidades humanas ou literárias? Podemos diferenciar: as obras-primas são sempre, de uma forma ou outra, *secreções organizadas*, como se um corpo fosse capaz de suar cristais ou confetes, em vez das banais e informes gotas de suor. E a tradução de Pia, mesmo sendo uma tradução o mais possível fiel e racional do poema de Púchkin, é, como já disse, uma obra-prima da língua italiana. Não por acaso, em uma crítica memorável, gostaria de dizer épica, publicada em *Nuovi Argomenti* (trinta páginas datilografadas!), Edoardo Albinati tentou fazer uma síntese da personalidade da tradutora, que vale tanto em termos de estilo quanto em termos de psicologia, caso admitamos que seja possível distingui-los: «Para traduzir *Onêguin*, pelo menos é preciso ser leve, rebelde, tolo, corajoso, profundo, rápido, um pouco acéfalo e muito meticuloso». Por outro lado, Pia, que saiu tão humilhada do penoso *affaire Lolita*, gozou muito pouco desses louros, apesar de ter esbanjado no trabalho energias preciosíssimas e superabundantes. Apenas recentemente, examinando meu exemplar, consumido por inúmeras releituras totais ou parciais, percebi que meu nome estava em uma dessas notas de agradecimento que são publicadas no início ou no final dos livros. Além dos estudiosos russos que ela decerto interpelou por razões técnicas, estou na excelente companhia do próprio Albinati e de Ottiero Ottieri. Em que poderia, afinal, tê-la ajudado? Se alguma vez lhe sugeri uma vírgula, ou um sinônimo, mesmo sem saber uma sílaba de russo, terá sido em função de um ajuste do ritmo e de seu andamento frenético. O italiano de Pia se transformou exatamente no que em física se chama de material condutor, o qual é atravessado pela eletricidade do original. O problema de tradução mais macroscópico de *Onêguin* sempre foi o da voz narradora: pois toda mediação é excluída, e o autor fala diretamente aos leitores sem se esconder atrás de uma máscara; é de fato ele, Aleksandr Púchkin, o grande poeta, que nos conta a vida de seu amigo Onêguin. Portanto, o tradutor deve se apropriar desse fantasma intrusivo, capaz de experimentar todos os tons, do cômico ao trágico, passando pelo grotesco, pelo onírico e pelo filosófico... De qualquer maneira, acredito que o agradecimento estivesse mais ligado à cumplicidade (que eu havia negado ao projeto de reescrita de *Lolita*) do que a alguns de meus conselhos particularmente úteis. Lembro que ela me enviava cada capítulo que concluía, para que eu pudesse ler o livro como os contemporâneos de Púchkin o faziam, já que o romance foi publicado em folhetins. Pia imprimia os capítulos naquele papel fosco de então, com as duas fileiras de furos de cada lado, de modo que jamais consegui ordenar essas folhas numa pilha organizada, porque quase sempre um verso das estrofes de Púchkin caía no espaço perfurado. Há um detalhe que me parece significativo do ponto de vista psicológico: um dia ela me disse que o verdadeiro «clímax» do livro, para ela, estava num episódio do capítulo VII, quando Tatiana, ainda apaixonada por Onêguin, a quem atribui uma grandeza luciferina, descobre, ao folhear os livros da biblioteca dele, que o caráter do jovem dândi é inteiramente baseado nos livros de Byron e em um ou outro romancezinho «que reflete a época». As marcas que Onêguin fez à margem das páginas lhe revelam a natureza artificial e mimética de seu caráter, definido impiedosamente como «uma reedição dos caprichos alheios/ um glossário completo de palavras da moda», portanto, «uma paródia». Com efeito, entre todas as cenas do grande romance, essa desilusão ardente e repentina também me parece o coração da engrenagem. Segundo o léxico amoroso de Pia, se Onêguin se comportou como um «verme» com Tatiana, para ela ainda restava o consolo de que ele era, no mínimo, um «verme» excepcional, grandioso. E o feitiço acaba quando ela descobre que na realidade Onêguin não passa de uma cópia pálida, um compêndio confuso de vícios alheios, comportamentos copiados dos livros, como faria qualquer jovem provinciano. A revelação faz de Tatiana uma pessoa livre, mas não por isso menos amarga, porque toda perda de inocência aumenta em nós o sentido desolador da estranheza daquele mundo que a alma insiste em considerar a própria casa. Relendo as estrofes do capítulo, acredito que seja impossível não pensar em quantas vezes, e de quantas maneiras imprevisíveis, Pia se viu capturada por desilusões semelhantes, e, quanto mais dolorosas, mais sua alma transparente e sensível sentiu nojo de qualquer pose artificial ou imitação medíocre.

Nos últimos anos de sua vida, Rocco viveu em Monteverde Vecchio e deu aulas na ala feminina da prisão de Rebibbia. Fez sólidas amizades com outros inquilinos do prédio da rua Lorenzo Valla, uma daquelas ruas tranquilas e nobres no alto da colina, onde casas art nouveau rodeadas de jardins se misturam em harmonia com os modernos edifícios dos anos 1930. Ironia do destino, o condomínio, se eu não estiver enganado, pertencia a um luminar da psiquiatria. Seus vizinhos se tornaram uma espécie de família. Ele morava no térreo, e o apartamento, não pequeno para uma única pessoa, se abria para um belo pátio interno, quase um jardim. Quando retomamos nossa relação, logo fiz um apanhado da situação: Rocco havia encontrado um modo de ficar longe dos perrengues; a infelicidade e a alegria de viver haviam retomado seu ritmo aceitável de sístole e diástole. Depois da devastação da crise maníaca, ou de sua aparição, caso assim a chamemos, ele embarcou em outras histórias amorosas: Rocco era um animal erótico, passava a contragosto alguns períodos sozinho, mas viveu a maior parte da vida adulta às voltas com relacionamentos tempestuosos. O esquema da garota de boa família também mudou em certo momento: sempre acreditei que essa nova pessoa (de origens *obscuras* como as suas, para usar uma expressão que lhe era habitual) era a mais adequada que ele já havia encontrado para viver a seu lado. Não que as coisas entre mim e Rocco tivessem voltado a ser exatamente como antes. Aquela minha distância, aquela minha recusa, na melhor das hipóteses, da famosa *fidelidade* que ele exigira de mim com tanta urgência no momento de necessidade, haviam produzido seu efeito inevitável. Gostávamos um do outro, mas eu não havia gostado, ou não gostava dele, *bem o suficiente*. Dito isso, uma circunstância inesperada me permitiu retomar com Rocco por alguns anos — até o fim — alguns hábitos quase diários e, ao mesmo tempo, me permitiu observá-lo de fora, de uma posição mais distanciada. Explico. Por acaso, certa noite eu o apresentei a Chiara Gamberale, que imediatamente seu tornou sua principal confidente e conselheira. Naquela época Chiara e eu estávamos casados, e isso significava que eu encontrava Rocco em casa dia sim, dia não, mas não era a mim que ele vinha ver. Ele ia contar suas histórias para Chiara — sua teia interminável de problemas, amarguras, projetos absurdos. Assim, se ficasse para o jantar, depois de longas sessões no confessionário, íamos juntos fazer compras e levar o cachorro para uma caminhada; no percurso falávamos de tudo um pouco, talvez até de questões pessoais, porque sempre foi um hábito nosso, e ser tipo uma família era algo natural para nós, agora porém com certa reserva, sem a confiança do passado. Portanto, se antes dei as costas a Rocco, porque tinha a sensação de que ele não ouvia nada do que eu tinha a lhe dizer, agora era ele quem falava muito pouco de si, contentando-se em assistir a um filme ou a uma partida de futebol comigo depois de ter despejado nos ouvidos pacientes de Chiara todos os segredos de que precisava se livrar. Eu ficava longe desses conluios demorados. Ter me tornado um personagem secundário em sua vida me permitiu — como é bastante natural — gostar de Rocco de maneira mais gratificante para nós dois, e, mesmo quando brigávamos, porque Rocco continuava sendo, como sempre, o grande artista do ressentimento, a coisa toda parecia mais uma brincadeira conhecida. Às vezes ele percebia que havia levado sua teimosia espanhola além do limite da tolerância, e era o primeiro a se sentir mal com isso. Estabelecemos, sem jamais falar do assunto abertamente, um pequeno rito de pacificação para que pudéssemos dormir em paz. Antes de voltar para casa, ele me acompanhava num passeio com o cão em volta do quarteirão. «Sabe», e já começava a se desculpar, «com o *temperamento de merda* que sempre tive...».

As coisas poderiam ter seguido assim até a velhice: na doçura e na sedimentação de hábitos. Rocco escreveria sistematicamente seus livros muito sombrios, sempre reclamaria de alguma coisa, resistiria ao assédio de uma posição mais vantajosa: como sempre acontece com quem envelhece e acaba de alguma maneira por vencer a si mesmo. E, ao contrário, nada disso aconteceu, e na tela do destino surgiu outro desenho, trágico e sem sentido. O que é um *acidente*? Certamente, algo refratário a qualquer forma de narrativa. Sem vínculo com a necessidade, gratuito e imprevisível, não nos deixa esquecer que tudo isso poderia muito bem não ter acontecido. É a ponta da agulha que, num segundo, estoura o pretensioso balão inflado da vida: com todas suas estações e seus processos extenuantes de aprendizagem e adaptação. Puro *nonsense*. Na *Odisseia* há um personagem menor que sempre me impressionou, um companheiro de Ulisses chamado Elpenor. Aparece no poema apenas o suficiente para logo depois sair dele de uma forma catastrófica. Livre dos sortilégios de Circe, os gregos estão finalmente prontos para retornar ao mar. Elpenor é chamado enquanto dorme, depois das comemorações, curando-se de uma ressaca sobre o telhado de uma casa. Acorda, mas, sem lembrar-se de onde havia se deitado, em vez de usar a escada ele cai lá de cima e morre com uma única pancada. *Splash* — como numa história em quadrinhos. Participou da Guerra de Troia, acompanhou Ulisses em todas suas adversidades, navegando em mares agitados pela raiva pessoal do deus do mar, e acabou morrendo dessa forma. Não há nem mesmo tempo para chorar o pobre Elpenor. É preciso partir antes que Circe, a velha louca, pense no assunto. Elpenor é uma grande sacada de Homero. Porque ninguém incorporou o *humano* mais do que ele. Com os homens acontece de saírem repentinamente de suas histórias por causa de uma distração momentânea e insignificante, um pequeno azar. A partir de agora, a onda de choque do absurdo retrocede acometendo todo o passado, até chegar ao primeiro dia.

Eu o via com tanta frequência que não lembro do último encontro. Talvez tenha aparecido para ver um jogo ou dar uma volta com o cão. Lembro bem, por outro lado, da última vez que falei com ele ao telefone, na tarde de 17 de julho de 2008, algumas horas antes de sua morte, quando ele bateu com a scooter num carro estacionado em fila dupla, a poucos metros da impassível estátua equestre de Giorgio Castriota Scanderbeg, na praça Albania, aos pés do Aventino. Ele havia acabado de voltar a Roma depois de duas semanas nos Estados Unidos, com amigos de Providence — férias felizes, ao que parecia. Logo no começo da conversa, Rocco me disse algo típico de seu temperamento e sua forma de se expressar: «Você fez bem em me ligar». Sorri. Isso significava que, pelo menos uma vez, eu, que sempre era o culpado no front, havia respeitado seu infalível Código de Amizade, o qual, em determinado parágrafo, obrigava a ligar para o amigo recém-chegado de uma longa viagem, para lhe perguntar como tudo havia transcorrido. Tínhamos até mesmo decidido nos encontrar e ir jantar só nós dois, no Biondo Tevere, um restaurante muito popular na rua Ostiense, com um lindo terraço à beira do rio, também famoso porque foi o último lugar em que viram Pier Paolo Pasolini ainda vivo, na noite de seu assassinato no hidro-aeródromo. Alguns meses antes, eu havia justamente sugerido a Rocco que escrevesse alguma coisa sobre o local, a meio caminho entre a pirâmide de Caio Cestio e a Basílica de São Paulo, uma reportagem para as páginas romanas de *la Repubblica*. Ele escreveu um artigo muito bonito, que hoje está emoldurado e pendurado — quase como uma relíquia — na parede do restaurante. No entanto, pouco antes da hora do jantar, Rocco se fez vivo com um SMS: lembrou-se de outro compromisso. Deveria ir à casa de Carola Susani, uma de suas amigas mais próximas, acho que para um aniversário ou algo assim, e por isso adiamos o jantar para o dia seguinte. Se não estivessem tão monstruosamente impregnadas de fatalidade, eu teria esquecido todas essas ninharias no espaço de algumas horas, inclusive a frase — «Você fez bem em me ligar» —, que à luz crua dos fatos adquire um peso totalmente diferente e outro significado. Contudo, mesmo que nada possa explicá-los, os pressentimentos existem, não duvido. Bem, Rocco adiou nosso jantar. Paciência. Como queria aproveitar a luz minguante na noite de julho, desci com o cachorro para o parque ao lado de casa, sentei num banco para fumar um cigarro, depois de ter pedido uma comida para viagem num restaurante chinês. Por que continuei pensando tanto em Rocco, naquela noite, enquanto suas últimas horas neste mundo se consumiam? Quando penso nisso, mesmo agora enquanto escrevo, muitos anos depois, sinto arrepios. Naquela semana de julho, as bancas de jornal vendiam um volume bilíngue de Hemingway: *A breve vida feliz de Francis Macomber*. Sem tirar os olhos do cartaz de divulgação do livro sobre a porta de aço de uma banca de jornal que não existe mais, eu, de tanto repetir aquele título a troco de nada, o transformei numa daquelas canções infantis obsessivas que se instalam em nossa cabeça sem razão aparente e depois de um tempo desaparecem, tal como chegaram. *A breve vida feliz de Rocco Carbone*, eu não parava de repetir. *A breve vida feliz de Rocco Carbone*. Era exatamente o mesmo número de sílabas do título de Hemingway. E permaneciam assim em virtude de uma elisão elementar de vogais, bem conhecida dos poetas e compositores, mesmo quando se transforma *feliz* em *infeliz*. E, portanto: *A breve vida infeliz de Rocco Carbone*.

Feliz infeliz. *A breve vida (in)feliz de Rocco Carbone*. Quanto mais se repete uma palavra, mais ela se torna equivalente a seu contrário. Como se a repetição revelasse o truque, lembrando-nos de que não há palavra adequada ao caos indecifrável da vida humana e a seu fracasso perene. O conto de Hemingway, ambientado na África, é uma espécie de parábola moral — conta a história de um homem que, como Rocco, dificilmente poderia ser associado à ideia de «felicidade». Ainda assim, Francis Macomber se realiza e adquire sua dignidade plena pouco antes de morrer num acidente de caça. É como se o véu da infelicidade, segundos antes do fim, caísse no chão colocando a nu a mais enigmática, quimérica e evasiva divindade: a vida feliz.

No frigir dos ovos, escrever sobre uma pessoa real e escrever sobre um personagem imaginado é a mesma coisa: é preciso obter o máximo da imaginação de quem lê servindo-se do pouco que a linguagem nos oferece. Fazer cintilar um fogo psicológico a partir de alguns gravetos úmidos catados aqui e ali. O dicionário do rosto, por exemplo, é de uma pobreza tão constrangedora («olhos», «nariz», «boca»...) que às vezes a gente desiste antes mesmo de começar. Qual a diferença entre a Pia Pera registrada no cartório de Lucca em 12 de março de 1956 e a Tatiana de Púchkin? Do ponto de vista da linguagem, são apenas duas marionetes feitas de retalhos e arame, um tufo de crina para os cabelos, dois botões desemparelhados para os olhos. Se, em algum recôndito da mente fraterna e desconhecida de um leitor, ainda conseguirão extrair uma efêmera aparência de vida, que sorri ou se arrepia com o frio, levantando a gola de seu velho casaco... isso é exatamente o que definimos como o espírito, ou melhor, como a possibilidade de que nossa existência, que transcorre toda ela na carne e em suas necessidades, tenha também uma sombra, uma quintessência que a leve para fora de si. Porque nós vivemos duas vidas, ambas destinadas a acabar: a primeira é a vida física, feita de sangue e respiração; a segunda é a que se desenrola na mente de quem nos ama. E quando a última pessoa que nos conheceu de perto morre, bem, daí realmente nós nos dissolvemos, evaporamos, e tem início a grande e interminável festa do Nada, onde os espinhos da saudade não podem mais espetar ninguém. De uma coisa estou certo: enquanto escrevo, e durante o tempo em que estou sentado escrevendo, Pia está aqui, sua presença é tão concreta quanto a mesa ou a luminária. Se, no entanto, penso em Pia, só eu que penso nela, tudo está na minha cabeça, na outra ponta da linha existe apenas uma ausência. E se sonho com ela, é a mesma coisa, é uma outra parte do meu Eu que está criando a sua Pia. Deduzo disso que a escrita é um meio particularmente bom para evocar os mortos, e aconselho a qualquer um que sinta falta de alguém a fazer o mesmo: não pensar na pessoa, mas escrever sobre ela e logo se dar conta de que o morto se sente atraído pela escrita, que encontra sempre um modo inesperado para brotar nas palavras que escrevemos — ele se manifesta por vontade própria, não somos nós que pensamos nele, é ele mesmo durante boa parte do tempo. Claro, a natureza dessas manifestações depende de cada caso. A presença de Rocco tomou rapidamente a forma de um costume antigo, de uma camaradagem irônica e competitiva. A de Pia é de outra natureza: mais tímida e envergonhada, como se ela ficasse contente com minhas intenções, mas ao mesmo tempo me pedisse para não tirar conclusões precipitadas, como tantas vezes me pedia quando estava viva, e de olhar com mais cuidado para algo que evidentemente eu não quero olhar e não está ligado a esse ou aquele episódio ou período, mas à engrenagem secreta, isto é, a um modo como seu destino tomou forma, apagando progressivamente todas as outras possibilidades, até sua configuração definitiva. Eu e você, Pia não para de me repetir, éramos confidentes, uma longa e recíproca confiança era a tônica fundamental de nossa relação. Certamente foi algo bom, um consolo nesse mundo tão difícil de decifrar, tão cheio de forças hostis e desagregadoras. Mas a confiança entre homens e mulheres é cega, só conhece aquilo que quer conhecer. Além de certo limite, Pia continua a me escapar, como se eu não fosse mais capaz de reconhecer a parte do todo que há em cada mínimo detalhe. Posso apenas dizer que, a meus olhos, Pia sempre foi um ser encantador, essa é a palavra que sinto mais próxima dela, «Pia» e «encantadora» para mim são quase sinônimos. Tudo aquilo que é encantador produz uma espécie de brilho perpétuo, e as pessoas encantadoras em geral se consomem e enfim se dissolvem em seu vertiginoso enxame de luzes minúsculas.

Quanto mais eu a conhecia, ou achava que a conhecia, mais Pia me parecia apartada de uma concepção comum do tempo. Quero dizer que, para todos nós, existe um tempo óbvio, que é aquele em que tomamos forma e vamos nos consumindo, seguindo uma direção irreversível, como uma bolinha em um plano inclinado. Mas existe também um tempo menos perceptível e que não se pode medir em dias ou anos, em que só gastamos energias puramente negativas, necessárias para nos defendermos de ameaças sombrias, para encontrar um instável equilíbrio entre forças contrárias, para fugir daquilo que nossos pais desejaram para nós. Sequer nos damos conta disso, porém, quando nos sentimos cansados, não deveríamos pensar somente naquilo que fizemos, mas no obscuro trabalho de subtração e renúncia que nos custa nossa própria consistência, na vigília e no sono. Acho que os antigos filósofos tinham razão em supor que havia uma camada da nossa alma que era comum a outras espécies de existência, uma dimensão «vegetativa» do nosso ser que tende a escapar da consciência como se fosse a atividade de um órgão involuntário. O indivíduo que traz de volta à consciência essa força que nega, esse poder cego de pura persistência, esse ritmo sazonal de expansão e contração, reconhecendo-se, por essa via intuitiva, em todo fenômeno da vida cósmica, não se considerando muito diferente de um cão vira-lata, de um veio de mármore, de um pezinho de alecrim, conseguiu algo muito parecido com a salvação. Em vez de renunciar ao egoísmo (como se fosse possível!), atravessou-o até o fim e desembocou na liberdade, sem necessidade de abdicar de nenhuma máscara usada anteriormente. Essa foi a estrada de Pia, e essa estrada conduz a algo que é ao mesmo tempo metafísico e físico num grau supremo: um jardim. É uma ideia em que se pode pisar, que deixa marcas nos sapatos. Em um jardim, aquilo que pulsava no escuro, a força sombria e obstinada que se consome resistindo à morte, floresce na luz. A flecha e o círculo encontram seu ponto de identificação. Quando imagino Pia em seu jardim, uma cesta de vime numa das mãos e uma enxadinha na outra, não me vem à mente apenas um ser humano que torna habitável ou mesmo bonito um espaço estranho. O que me ocorre é uma imagem da totalidade da vida, uma imagem que contém em si o que é possível saber e o que não é possível saber, o dia e aquela parte da noite que, como nas sonatas de Chopin, nunca chega a ser a luz da aurora, não passa, permanece.

No início dessas páginas, disse que nos vinte e cinco anos que o conheci, a fisionomia de Rocco havia mudado muito pouco. E por dentro, mudara alguma coisa? Tiranizada como está pela repetição, nossa vida tem poucas possibilidades reais de evolução, menos ainda de cura. No limite, a faculdade mais desejável é se render a si, porque parte substancial da dor que se sente depende da vontade de remediar o irremediável e, portanto, de envenenar o que é com o que poderia ser. Exatamente por isso acredito que os últimos anos de Rocco foram os melhores de sua vida — os anos em que seu esforço de adaptação, em geral sem êxito, foi coroado com algum sucesso. Seu olhar se tornou *edulcorado*. Ele se havia cercado de pessoas que o entendiam, ou se sentia entendido por elas, o que é a mesma coisa. Tudo isso Chiara captou perfeitamente em um artigo publicado poucas horas depois de sua morte, do qual gostaria de citar algumas linhas que têm a precisão de uma fotografia. «Num universo literário fechado e asfixiado como o italiano, Rocco, tal como era, se cercou apenas de pessoas como ele. Na verdade, havia muitas. Diferentes de tudo, para o bem e para o mal. Estruturalmente incapazes de permanecer no mundo: assim, sempre caíam na risada, visto que tinham consciência dessa limitação. Pessoas que se sentiam esgotadas pelos outros, os quais, por sua vez, as consideravam bem chatas. Pessoas que entendiam que havia alguma coisa errada. E às quais Rocco, ao contrário, mais ou menos implicitamente, e com o exemplo marcante da própria existência, parecia dizer: é justamente aquilo que você acha que está errado em você que funciona melhor.»

Algum tempo depois da morte de Rocco, Roberto Varese, um amigo de longa data que sempre esteve muito próximo a ele em todas as adversidades da vida, conseguiu penetrar no labirinto da burocracia romana e escapar ileso com uma licença especial: plantar uma árvore, uma oliveira, a alguns metros do local do acidente, nas franjas de um grande espaço verde não muito longe das antigas muralhas romanas — a primeira muralha em torno das encostas do Aventino, que datam da era republicana. Espantado com a pequena multidão à espera do ato, um jardineiro municipal nos ajudou com o buraco e depois nos deixou completar o trabalho. «Entendo que tenha sido uma pessoa importante para vocês», o homem nos disse, gentil, «então vamos terminar o trabalho juntos.» Hoje, a pequena árvore, que a princípio parecia um pouco sofrida, está frondosa e goza de boa saúde, e até produz azeitonas, quando é o caso. A placa de metal com o nome de Rocco e as datas, por outro lado, foi roubada tantas vezes (como tudo que em Roma é passível de roubo) que desistimos de botá-la de volta. Às vezes todos os amigos se encontram ali por ocasião do aniversário da morte de Rocco ou em outras datas, mas creio que eu não seja o único a visitar o local desacompanhado ou em grupinhos eventuais. E, claro, é inútil acrescentar que, se existe uma árvore parecida com Rocco, ela é sem dúvida a oliveira, com toda tenacidade, dificuldade e lentidão que sua beleza sugere. Assim, podemos ter a sensação real, parando nesse lugar à noite, quando o trânsito na larga avenida diminui pelo menos um pouco, ligando o Circo Máximo à Pirâmide, de que estamos indo ao encontro de Rocco em uma de suas novas manifestações arbóreas. Certa vez, quando alguns policiais me repreenderam porque fiz xixi no pé da oliveira, não consegui explicar a eles que aquilo era uma espécie de saudação, uma simples brincadeira entre velhos amigos. Na minha cabeça, aquela arvorezinha orgulhosa e exuberante, que cresce isolada como uma sentinela num posto avançado, acabou por se associar ao jardim de Pia, como uma extensão longínqua dele, uma espécie de sucursal metropolitana.

É fácil projetar, *a posteriori*, uma sombra de fatalidade sobre aquilo que — como um acidente — deveria ser seu exato oposto e sua negação. Gianluca Greco, um dos amigos do núcleo mais íntimo, me disse que alguns meses antes do acidente fatal, Rocco já havia sofrido um outro a caminho do trabalho. Ele estava de moto e um carro o atingiu em cheio num semáforo. «Agora», ele disse para Gianluca, «não vai me acontecer mais nada, sou imortal.» Mais surpreendente é que, uns dias antes da noite fatídica, roubaram seu carro, porque senão ele teria ido de carro à casa de Carola, e o resto já sabemos. Em nossa vida, o acaso e a mais inflexível cadeia de eventos se assemelham de tal maneira que se tornam de fato idênticos — e talvez seja essa opacidade que nos permite tolerar o impacto das coisas, sem lhes dar um motivo mas terminando por aceitá-las. Nos meses posteriores à morte de Rocco, sofri de um estranho desconforto, de natureza sem dúvida psicossomática, mas nem por isso menos incômodo. Sempre que adormecia, fosse à noite ou em breves repousos durante o dia, acordava depois de poucos segundos com o coração acelerado, o corpo todo suado, tomado pela sensação de ter vislumbrado alguma coisa tão intolerável que me levava a escapar do sono, assim como recolhemos a mão que sem querer tocou o fogo. Era uma sensação tão ruim que, por todo o verão, tentei de todas as maneiras ficar exausto na hora de dormir, esperando as primeiras luzes do amanhecer. Assim, por vezes a exaustão me poupava desses ataques. Sentava na cama, à espera de que o ritmo cardíaco se normalizasse. Sempre pensava em Rocco. Uma suspeita me atormentava: uma daquelas azucrinações que, na escuridão da alta noite, ganham proporções desmedidas e que, com a luz do dia, recuperam suas verdadeiras dimensões — exceto os momentos em que a paranoia intercepta uma verdade fundamentada. Nos últimos tempos, Rocco tinha me falado muitas vezes de certa investigação que lhe havia ocorrido, para escrever uma história ou uma reportagem sobre Cosoleto. Na cidadezinha de Aspromonte, aliás, segundo ele me contava, registrou-se um pico inédito de mortes provocadas por tumores. «No passado, os mais velhos», ele disse, «viviam até os noventa comendo pão e cebola e trabalhavam até o último raio de sol. Agora estão todos morrendo, adoecem precocemente.» Ele havia verificado, de algum modo, essa suposição? Eu não sei, mas a explicação de Rocco era terrível: Aspromonte é uma área conhecida pelo despejo clandestino de lixo tóxico, uma das especialidades do submundo local. Alguém poderia ter se livrado de vai saber que porcaria jogando tudo em um barranco inacessível, ou em algum outro lugar onde a sujeira se infiltrou num veio de água usada para beber ou regar hortas. Não só: a vida desses criminosos também está sujeita — como se pode facilmente imaginar — a todo tipo de imprevistos.

Quem despejou esse veneno pode ter sido morto no dia seguinte num tiroteio, ou talvez de overdose, e, mesmo no caso (mais do que improvável) de arrependimento, ninguém jamais conseguiria eliminar a causa desse terrível massacre prolongado. Tudo é possível. São coisas que devem ser comprovadas antes de serem contadas. Acontece que encasquetei, durante as noites intermináveis em que sofria de verdadeiro pânico de sono, que Rocco havia começado a fazer perguntas inadequadas e perigosas. E as circunstâncias estranhas do choque mortal com um carro estacionado apontavam para um mistério e, ao mesmo tempo, para uma impossibilidade absoluta de sua resolução. Em certas horas sombrias, por causa da insônia gerada pelo medo de dormir, eu tinha certeza de que Rocco havia sido assassinado. Associo todo esse mal-estar, como às vezes acontece, à memória de um único lugar. Nessa época, Chiara e eu tínhamos alugado uma casa na Grécia, na costa sul de Samos. Era uma casinha muito isolada numa interminável praia de pedregulhos; de um lado havia uma faixa de pedras margeada pela espuma da ressaca do mar, de outro, um denso canavial. Nunca passava ninguém, não havia bares ou guarda-sóis, quase nada, apenas rebanhos de cabras e uma ou outra ave marinha que sobrevoava a extensão cintilante do golfo. Numa noite, depois de acordar sobressaltado pelo menos umas cinco vezes, atordoado e suado, decidi descer até a praia para aproveitar o frescor enquanto o dia amanhecia. Deitei sobre os restos de uma cadeira de praia abandonada ali sabe-se lá havia quanto tempo. A paisagem era linda. A lua fazia cintilar os milhares de pedras na praia e traçava uma trilha prateada na superfície do mar, até o horizonte. Largado nessa cadeira, eu gozava de um entorpecimento parcial, tentando não fechar os olhos para não cair na armadilha de sempre. E foi assim que um pensamento me veio à cabeça, e tomei-o como verdadeiro antes mesmo de compreender seu significado. O mal-estar, esse sintoma extremamente irritante ligado ao início do sono, não era *uma consequência* do choque em razão da morte repentina de Rocco, como pensei desde o início. Não, não era um simples reflexo psicológico: *era o próprio Rocco*. Ainda incerto sobre qual direção tomar, talvez incapaz de alcançar o que lhe havia acontecido, perdido e assustado diante do Grande Escuro, seu espírito se acomodou em meu sono. Sabotando-o, pedia ajuda, atenção e memória. Como sempre fez em vida, Rocco queria ter certeza de que alguém o amava. E então, por muitos meses, tive de me adaptar a essa longa despedida. Por mais que resistisse, cedo ou tarde fechava os olhos e adormecia; nesse instante, uma força portentosa me levava ao passado. Sentia-me como uma estrada percorrida por inúmeras patas de cavalos a galope.

Havia interrompido o fio da minha história sobre Pia em 1996. Naquele ano, para completar uma espécie de díptico dos grandes heróis românticos, além de *Onêguim* foi publicada a tradução de *Um herói de nosso tempo*, de Lérmontov.[16] Todos esses trabalhos, que exigem grande dose de energia e persistência, e que Pia executava com excelência, não exauriam de forma alguma sua energia. É nesse desequilíbrio, nessa reserva de energia, que se encontra a insatisfação. Lembro muito bem desse período, que antecede o novo pacto com a vida, a aventura do jardim. Ainda em mar aberto, Pia perscrutava o céu procurando as estrelas justas, a orientação decisiva. Às vezes eu a perdia de vista, e do nada me chegava um longa carta de Londres ou dos Estados Unidos. Quando ela passava por Roma, porém, ou quando eu viajava a Milão, o mecanismo da

---

16 Mikhail Iúrievitch Lérmontov (1814-1841), poeta e romancista russo, autor de *Mascarada* (1835), *A morte do poeta* (1837), *O demônio* (1838), entre outros.

nossa intimidade voltava a funcionar como se estivéssemos estado juntos na noite anterior. Para minha grande surpresa, Pia manifestava uma crescente impaciência em relação a Milão e à vida na cidade. Sei que é uma ideia totalmente irracional, mas o desejo de ir para o campo, quando não é ditado por alguma necessidade prática imperativa, sempre me pareceu de um masoquismo deletério. Mesmo que eu passe a maior parte do tempo dentro de casa, preciso saber que a cidade está ao meu alcance, ao meu redor, com seu emaranhado infinito de possibilidades e desejos, maus cheiros e belezas involuntárias, e tenho a tendência em atribuir aos outros as minhas próprias necessidades. É evidente que não falo dos que nasceram ou trabalham no campo, mas de ratos da cidade, como me parecia que Pia também era, quando ela se pôs a falar de uma propriedade de família, um sítio (a palavra já me irritava) não muito longe de Lucca, do qual queria cuidar. Verdade que queria deixar aquela casa tão bonita na rua Archimede? Não muito distantes de Porta Vitoria, a rua de Pia e outras duas ruas paralelas, se as observarmos em um mapa ou em imagens de satélite, revelam uma estranheza, porque são inclinadas de forma oblíqua em relação às outras — um pouco como a Broadway em relação à disposição quadricular das ruas de Manhattan. A razão para tal incongruência urbanística é que nessa área, em meados do século XIX, ficava a estação Ferdinandea de Porta Tosa, que ligava Milão a Veneza e à

Áustria. Um lugar que esteve entre os epicentros da revolta dos Cinco Dias [1848]. Dali se devolveu ao remetente, sem muitas lamentações, o caixão do marechal Radetzky.[17] Quando a estação foi demolida, as estradas mantiveram a direção dos traçados dos trilhos e dos aterros, e por volta do fim do século nasceu ali um bairro de classe trabalhadora, com casas unifamiliares construídas com alguns metros quadrados de terreno destinado a hortas e jardins. Das janelas da casa de Pia podia-se desfrutar, mesmo um século mais tarde, uma paisagem urbana excepcionalmente rica de áreas verdes cultivadas com esmero. Digo isso porque alguns seres humanos, nas decisões que tomam sobre seus destinos, são suscetíveis de se inspirar em coisas que estão sob seus olhos todo dia, as quais podem ter apenas um papel decorativo para muitas outras pessoas. Em suma, os traços ainda evidentes da utopia socialista da «cidade-jardim» podem ter alimentado em Pia um desejo, contribuindo para a decisão de se consagrar a uma horta e a um jardim: mas fora da cidade, com todo o terreno e a liberdade que

---

17 Johann Josef Wenzel Anton Franz Karl Graf Radetzky von Radetz (1766-1858), marechal austríaco e nobre da Boêmia. Lutou nas guerras napoleônicas, tornando-se famoso pela vitória na Batalha de Novara, em 1849, contra o Reino de Sardenha, e imortalizado pela composição *Marcha Radetzky*, de Johann Strauss.

queria. Como disse, não fui, de forma alguma, nem bom profeta, nem bom conselheiro, já que desconfiava ser perigoso o progressivo distanciamento de Milão e o isolamento que emergiria. Nasceram daí discussões intermináveis e hilárias, porque Pia me criticava por projetar sobre seus projetos preocupações que eram apenas minhas. Zombava das minhas perspectivas limitadas de «garoto da cidade», numa alusão ao final de *O legado de Humboldt*, de Saul Bellow, quando Charlie Citrine, o protagonista, confessa não saber o nome de uma florzinha primaveril. «Deve ser açafrão», arrisca-se, por fim, com indiferença, porque o reinado do «garoto da cidade», ou seja, seu plano de realidade, não é a natureza, que não tem nada para lhe ensinar, mas a ilusão infinita e artificial das relações humanas. Nós, «garotos da cidade», tendemos a considerar um comportamento de malucos, ou o prenúncio dele, o interesse pela natureza que vai além dos limites de um passeio no parque com o cachorro. Pia, porém, contrariando as expectativas, não era uma «garota da cidade». Ela nasceu para plantar sementes, capinar e fertilizar. E logo se deu conta disso. O que eu considerava um risco existencial para ela, na crença errônea de que o desenraizamento de Milão era uma ilusão frustrante e incômoda, após um necessário aprendizado cansativo e cheio de tropeços revelou-se ao longo do tempo um golpe certeiro.

Uma autêntica vocação, acredito, valoriza ao máximo fatores, ou predisposições, já presentes na vida de forma embrionária ou marginal. Caso contrário é chuva de verão, fantasia de redenção sem nenhuma relação real com a história do indivíduo: como quando começamos a murmurar mantras salvíficos, ou nos submetemos a dietas alimentares absurdas, ou abraçamos causas das quais jamais havíamos ouvido falar até a véspera. Não há nada de errado nisso, mas o que quero dizer é que as verdadeiras revoluções são transformações: do que já sabemos, do que sempre tivemos diante dos olhos. Porque só é verdadeiro o que nos pertence, isto é, nossa origem. A jardinagem e o cultivo sempre foram traços quase hereditários na classe social de Pia, a dos abençoados proprietários de terras que desde que o mundo é mundo plantam, invadem, erguem espaldeiras, constroem estufas e trocam informações sobre sementes e adubos. Não eram exceções nem o pai de Pia (um luminar do direito), nem a mãe (uma professora de filosofia que foi aluna de Giorgio Colli).[18] O mero fato de ter herdado uma propriedade rural para dela fazer o que quisesse é carregado de significados familiares e ancestrais, ligados a um vínculo

---

18 Giorgio Colli (1917-1979), filósofo, historiador de filosofia e tradutor italiano. Por trinta anos foi professor de história da filosofia antiga na Universidade de Pisa. Ficou famoso internacionalmente por seus estudos críticos das obras de Nietzsche.

atávico com a terra e todos seus arquétipos: germinação, crescimento, ciclo sazonal e morte. Uma herdeira como Pia é sem dúvida muito rara, embora ela não seja única, mas é justo aí que o destino revela seus dotes de grande e genial escultor, preferindo em suas criações apostar no conhecido e no previsível. Já os peitoris da casa na rua Archimede estavam cheios de vasinhos amorosamente cuidados. Esses microcosmos vegetais podiam parecer fragmentos, migalhas de um paraíso perdido, e em vez disso eram promessas e sinais contumazes do futuro. Também há um livro, talvez não menos importante do que *Onêguin* e, além do mais, lido por ela quando criança, que muito tem a ver com todo esse universo, pois as marcas de algumas leituras dessa fase da vida podem permanecer vivas: *O jardim secreto*, de Frances Hodgson Burnett. Assim como havia traduzido a obra-prima de Púchkin, Pia também traduziu do inglês esse outro pilar de sua existência, dez anos depois. A história é lindíssima. Mary é uma garotinha inglesa aparentemente feiosa e antipática, criada na Índia até o dia em que se vê como a única sobrevivente de uma epidemia de cólera. Órfã, como Harry Potter, é enviada para viver em Yorkshire, no castelo de um tio viúvo, misantropo e temperamental, onde ninguém se preocupa com ela e tudo conspira para torná-la uma criança cada vez mais infeliz e intratável. Mas tudo muda no dia em que Mary, sob circunstâncias veladas de mistério e magia natural, pisa num jardim cercado de muros altos, no qual ninguém entra há muito tempo, tanto que até mesmo o portão, coberto de hera, não pode ser vislumbrado. De modo encantador, a fábula se enche de saquinhos de sementes, pazinhas, ancinhos e tesouras de jardinagem. Mary, ao cuidar do jardim secreto, sofre uma metamorfose de corpo e de espírito que lhe permite conhecer a felicidade que lhe era vetada pelos «pensamentos obscuros». Há um tema ainda mais recorrente de jardinagem no livro: a vida ao ar livre e seus efeitos regenerativos benéficos. Nos livros de Pia sobre hortas e jardins muitas vezes emerge a ideia de que o dia ideal é aquele passado sem um teto sobre a cabeça. Até o fim da vida, manobrando numa cadeira de rodas elétrica e se limitando a trajetos obrigatórios, Pia sempre quis *estar do lado de fora* — e foi assim que morreu —, como se a última semente, a quintessência de tudo o que havia aprendido não tivesse nada a ver com hortas e jardins, mas sim com a arte suprema do *plein air* diário, a recusa de abrigos de inverno e de verão, em qualquer clima.

Em 2003, Pia publicou seu primeiro «livro natural» (não consigo encontrar uma definição melhor): *L'orto di um perdigiorno* [A horta de um ocioso]. É o diário de um ano, escrito mês a mês, estação após estação. Em seu cantinho de mundo, o céu está tenso e uniforme como um tecido cinza que exala o calor do verão, ou atravessado por nuvens rápidas que prenunciam as primeiras tempestades, ou límpido e estrelado no frio invernal, ou ainda abarrotado de nuvenzinhas, como nas noites de março, quando percebemos que enfim os dias estão ficando mais longos. Como podemos entender pela leitura, Pia já aprendeu muita coisa e, por outro lado, ainda precisa aprender muitas outras. Cultiva beterraba, tomate, alface, cebola, rúcula, chicória e uma infinidade de outros vegetais que a cada dia a aproximam de uma espécie de autossuficiência alimentar. Está feliz como as crianças que, escondidas debaixo de uma mesa ou atrás de uma cortina, gostam da ideia de ter criado um mundo dentro do mundo. Sem limites ou reduzido a poucos metros, um reino é sempre um reino. A quantos seres humanos é dada a oportunidade de pôr em cena sua fábula preferida? Pia tinha conseguido viver em *O jardim secreto*. E sua tradução do livro, feita nesse período, é muito bonita e muito contagiante, porque a vitória da alma sobre o mal que a fábula de Mary (como todas as fábulas) narra é a mesma que Pia começara a experimentar. Tanto que algumas páginas desse livro infantil antigo poderiam figurar tal e qual em alguns dos livros que Pia escreveu nos últimos anos. São obras fascinantes e surpreendentes até mesmo para todos os «garotos da cidade», incapazes de cuidar de uma muda de manjericão comprada no supermercado. E, se convencem tanto, é porque tudo é difícil, incerto e sujeito a numerosos fracassos e às adversidades mais variadas. Deslizamentos de terra, parasitas, seca. Sementes erradas, imitações irresponsáveis de hortas e jardins alheios. Nada é mais distante de Pia que a estúpida imagem de um guru ecologista que fala como alguém que aprendeu um jogo e o explica a outras pessoas. Seus livros vibram da salutar e reveladora energia do erro. Essas derrotas, em vez de a desencorajarem, exaltam seu nobre desdém por tudo o que é fácil. Do ponto de vista metafísico e teológico, a experiência narrada evoca dilemas que são o cerne da civilização católica, e todos giram em torno da Natureza e da Graça, de suas imprevisíveis semelhanças e diferenças. Pois bem, a Natureza tem muitas coisas em comum com a Graça, mas também algumas coisas irreconciliáveis, por isso a necessidade de *trabalhá-la*, e, portanto, de sujeitá-la ao tempo terreno e às relações humanas. Pia escreve o que vive com uma congruência maravilhosa entre palavras e coisas, a terra se torna a página, e o cultivo, a escrita — e vice-versa. Folha após folha, tubérculo após tubérculo, o reino de Pia prosperava. O segredo era que nada disso podia ser visto da estrada. Um banal acesso de pedra conduzia o visitante por um caminho de sempre-vivas e só depois de percorrê-lo era possível ver parte do jardim e, à direita, o pátio da casa. Depois de alguns passos, o olhar era surpreendido por uma amplidão que surprendia o visitante que entrara por um caminho bastante estreito.

Para além do jardim, que terminava com arbustos densos, e de alguns campos cultivados fronteiriços com a propriedade, via-se o perfil do monte Pisano, que parece mais alto do que de fato é graças à monotonia imperturbável das planícies pelas quais fluem o Serchio e o Arno. Enquanto pôde, Pia fez todas as trilhas dessas montanhas em companhia de seus cães. Ela era amiga de um professor que a levava para observar espécies raras de pássaros do pântano, ou de liquens muito antigos.

Com o outono, aos poucos o sono voltou ao normal. Tenho uma explicação bastante plausível: durante o dia comecei a cuidar de Rocco com a atenção e a constância que finalmente satisfaziam a ele, que sempre me reprovou por interpretar excessivamente de meu modo as obrigações sagradas da amizade. Antonio Franchini e Giulia Ichino, seus últimos editores, pretendiam publicar pela Mondadori o romance que ele estava prestes a entregar antes de sua morte. Fiquei responsável pela organização dessa obra póstuma, mas o trabalho se revelou muito mais difícil e complexo do que imaginávamos. Custou um pouco até me entregarem o arquivo, pois ele estava protegido por uma senha, bizarrice que eu só vira em alguns filmes; por fim me vi diante de um texto escrito até o fim, mas sem condições de ser publicado. Rocco com certeza teria trabalhado nele à sua maneira, até chegar à sua perfeição, como todos fazem. Naquela noite ele saiu de casa convencido de que voltaria depois de algumas horas e retomaria o trabalho no dia seguinte. Em vez de voltar para casa ele foi diretamente para o outro mundo com as chaves ainda no bolso. Como se pode imaginar, a finalização do livro ainda estava muito longe de chegar à última etapa. Editar é uma coisa, completar frases inteiras, bem outra, assim como determinar o sujeito da frase quando ele não está claro, eliminar contradições e escolher entre duas ou mais alternativas mantidas em suspenso. Em suma, acreditei que me encontraria diante de uma estátua a ser polida, e em vez disso ainda faltavam vários golpes de cinzel e de lima. O que fazer? Se fosse um autor antigo, um clássico, eu deveria ter publicado o texto tal como o autor o deixou, talvez acrescentando as intervenções necessárias entre colchetes. No entanto era um absurdo proceder assim num romance contemporâneo, destinado a uma coleção voltada para um público vasto. A mim só restava me pôr no lugar de Rocco, assumindo os controles de todo o dispositivo. Já havia editado muitos textos de autores antigos e contemporâneos, mas, como se pode facilmente imaginar, jamais havia vivenciado experiência psicológica tão intensa. Todas as manhãs eu sentava para ponderar palavra por palavra, frase por frase, tentando não acrescentar nada de meu. O fato de meu estilo e o de Rocco serem inconciliáveis como água e óleo (ele sempre me dizia que eu fazia «prosa de arte», que julgava um tanto antiquada) logo se revelou de grande ajuda, obrigando-me sempre a pensar não o que seria melhor em abstrato, mas como meu amigo teria resolvido uma simples expressão. Quase acreditava que esse estado do texto, nem verdadeiramente incompleto, nem verdadeiramente completo, era intencional, porque exigia toda a atenção e a compreensão que Rocco solicitava das pessoas. Honestamente, não lembro de um único caso em que minha intervenção tenha sido desleal. Procurei ser uma espécie de prótese de Rocco, uma ramificação sua no mundo dos vivos. Não é um método muito ortodoxo do ponto de vista filológico, mas com certeza foi uma experiência positiva para nós dois, caso queiramos dar ao espectro de Rocco uma chance de realidade. E por que não? O que sabemos disso? De qualquer forma, passei a dormir tranquilo desde que iniciei essa trabalheira.

Às vezes, ao escrever, tenho a impressão de caminhar em meio a um mundaréu de memórias que exigem atenção como as pessoas que nos estendem a mão à espera de esmolas. Pia e Rocco brigando porque ela, amiga da antiga namorada dele, se recusava a recebê-lo com a nova. Pia me levando para ver um show de Gianna Nannini — ela havia escrito as letras para uma ópera rock de Nannini, inspirada em uma famosa homônima sua, Pia dei Tolomei, personagem do *Purgatório* («Siena me fez e me desfez Maremma» etc. etc.). Um presente de Pia para uma casa nova: um castiçal em forma de coluna coríntia. Cartões de Feliz Natal, Próspero Ano-Novo. Como toda a humanidade, em certo momento desistimos de escrever um para o outro cartas e cartões-postais. O resultado é uma miríade de mensagens de texto. Ligo para Pia de um hotel em Moscou, onde estou a trabalho, para saber o que visitar numa tarde livre nessa cidade que me parecia hostil e inutilmente desproporcional, e ela me indica um lugar encantador, as Lagoas dos Patriarcas, que constituem o cenário do primeiro capítulo de *O mestre e Margarida*, de Bulgákov,[19] com o idiota que morre tragicamente debaixo de um bonde elétrico. As estranhas latências que existem nas amizades mais profundas: depois da morte de Rocco, quase nunca falamos sobre ele, deixamos que sua ausência fortalecesse nosso vínculo totalmente inconsciente, ou implícito. Quando penso em Pia, imagino-a feliz plantando couve, cultivando lírios-do-vale. Por causa do sucesso de seus «livros naturais», vejo muitas fotos de Pia em jornais e na internet. Quase sempre na companhia de Macchia, ou do cão que o precedeu, cujo nome não lembro. Em uma foto ela está confortavelmente sentada numa cadeira de vime, à sombra do pátio, segurando a biografia de Giovanni Comisso, de Nico Naldini.[20] Sempre líamos os mesmos livros, gostávamos das mesmas coisas.

---

19 Mikhail Afanásievitch Bulgákov (1891-1940), escritor e dramaturgo russo de origem ucraniana.
20 Giovanni Comisso (1895-1969), escritor e poeta italiano. Autor de *Gente di mare* (1928), *Giorni di guerra* (1930), *Felicità dopo la noia* (1940), *Gioventù che muore* (1949), *Attraverso il tempo* (1968), entre outros. Domenico Naldini (1929-2020), conhecido como Nico Naldini, escritor, diretor de cinema e poeta italiano. Escreveu *Un vento smarrito e gentile: liriche friulane* (1958), *Vita di Giovanni Comisso* (1985), *Pasolini: una vita* (1989), entre outros.

Pouco antes da manifestação da doença, foi publicada a última tradução de Pia, um minúsculo e precioso livro com três contos pouco conhecidos de Tchekhov, selecionados da primeira compilação. «Acredito que, se não tivesse sido escritor, poderia ter sido jardineiro», Tchekhov certa vez escreveu a um amigo.

Há poucos meses completei a idade que Pia tinha quando adoeceu e começou a perder, progressiva e implacavelmente, dia após dia, o uso do corpo. Já a idade de Rocco, eu a ultrapassei há muito tempo. Nossos amigos também são isso: representações de épocas de nossas vidas, que atravessamos como se navegássemos por um arquipélago, dando voltas ao redor de promontórios que nos pareciam muito distantes, cada vez mais solitários, sem suspeitar do penhasco contra o qual, enfim, colidiremos.

Eis um sonho que tive depois de ter terminado o trabalho no livro póstumo de Rocco. Estávamos num carro que ele tinha quando jovem, uma perua branca com o porta-malas totalmente ocupado por um cilindro de gás metano. Seguíamos por uma longa avenida da periferia, ladeada por plátanos. Sabia que Rocco já estava morto, porque tinha no queixo a ferida que o matou no impacto do acidente, e estava pálido. Porém, diferentemente de como o imaginei no verão anterior, naquela noite na Grécia, ele não me parecia perdido, nem sofrendo por alguma coisa. Num primeiro momento fiquei com raiva porque ele dirigia de modo irresponsável, em alta velocidade, sem parar nos semáforos e nos cruzamentos da avenida interminável. Ele sorria, não tinha medo de nada. Por outro lado, percebi que não havia o risco de bater o carro, porque na avenida e nas ruas secundárias não havia ninguém além de nós. Por algum motivo imperscrutável, estávamos sozinhos no mundo. Que atravessasse no vermelho, ora, se isso o deixava feliz. Uma vez, não em um sonho, mas na realidade, estávamos numa rodovia nesse mesmo carro branco, a caminho da Calábria, para a Páscoa — era um dia de trânsito pesado. Perto de Eboli, um caminhão pegou fogo na nossa frente, queimou rapidamente como a cabeça de um fósforo. Uma espessa nuvem de fumaça negra invadiu todas as pistas, mergulhamos na mais completa escuridão. Lembro que, por uma daquelas frações de segundo sentidas como horas, tive a certeza de que não sairíamos vivos. Mas, surpreendentemente, não morremos, voltamos à luz do dia. Rocco havia pisado no acelerador com força, e em vez de tentar frear ou desacelerar desastradamente, ele acelerou o mais rápido que pôde dentro daquela fumaça serpenteante de chamas, a fim de que pudéssemos parar mais à frente, onde já não havia perigo. Fosse eu o motorista, não teríamos escapado. Talvez a velocidade imprudente do sonho fosse um reflexo dessa experiência real: parecia uma loucura, mas era a única coisa a fazer. Nesse instante, tive a impressão de ser um sinal: Rocco havia superado sua desorientação, havia se adaptado a sua nova condição. E, portanto, começava a se afastar de verdade, talvez a velocidade do carro significasse isso. Eu deveria já ter começado a fazer anotações sobre Rocco, reter alguma coisa antes que fosse tarde demais. Como flores de macieira tocadas pela brisa, até mesmo as lembranças daqueles que conhecemos tão bem que o hábito se torna quase um reflexo condicionado se desprendem de nós e voam a uma velocidade inconcebível. Acreditamos que acumulamos muitas lembranças, numerosas e vívidas a ponto de considerá-las inextinguíveis, e, ao contrário, nos resta pouco mais que um lampejo de imagens incertas e fugidias. Formas de memória tão insignificantes e desintegradas que equivalem ao esquecimento. Todo *o ônus da prova* cai sobre os ombros de quem fica. Existiram mesmo duas pessoas como Rocco e Pia? E podemos dizer com certeza quem teve uma vida feliz ou infeliz? Cada emoção que realmente sentimos e cada palavra realmente importante, será que elas também não podem significar o contrário? Do composto de moléculas mais minúsculo às dimensões colossais do universo, é sempre o impossível que gera o possível, essa é a marca indelével, o defeito de fábrica de nossa existência, e ninguém pode evitar esse acerto de contas, evitar cumprir em seu horizonte limitado a pena imposta pela lei universal.

Num dia de junho, alguns anos atrás, um homem que dizia me amar comentou num tom de reprovação que eu mancava.

O mal do «neurônio motor» continua sendo um líder que invade uma terra que jamais será capaz lhe opor uma verdadeira resistência — no máximo uma desaceleração. Pia perdeu a independência em cada membro, em cada gesto, a alma alerta e assustada cada vez mais clara e consciente. O título de seu livro sobre o fim, que é o ápice de sua «literatura natural», vem de um poema de Emily Dickinson, botânica de primeira linha. «I haven't told my garden yet», escreve a poeta, ainda não contei a meu jardim que vou morrer, penetrar no «Desconhecido». Breve, muito em breve! Como o jardim vai entender por que a jardineira não virá mais cuidar dele? Melhor esconder-lhe a verdade, também é melhor esconder da abelha que zumbe entre os arbustos, das florestas e dos prados pelos quais Emily tanto amou caminhar. Essas são coisas de seres humanos, presos à consciência das regras do jogo, não de abelhas e jardins, que não sabem nada da morte. O último livro de Pia é grande literatura, ou melhor, grande poesia, se com isso entendemos um grau supremo de manifestação do humano, do singular, do inadequado. Quando o li, ainda lhe restavam poucas semanas de vida, e o que mais me impressionou foi como Pia, com a chegada do inevitável, havia recorrido a recursos acumulados ao longo do tempo, como uma formiga durante o inverno. Era sabedoria, era força de ânimo. No entanto, não eram recursos suficientes, é claro. Em especial à noite, em certas noites, só o medo permanece: como de um corpo precipitado no vazio resta apenas o peso. Depois volta a ironia, um pensamento doce e a capacidade de ser corajoso. Pia sabe que nenhuma conquista é estável, apenas o mal é capaz de progressos lineares. Ela confiava nas prescrições de médicos sérios, ainda assim experimentou com desprendimento algumas charlatanices que mal também não lhe fizeram. Tratamentos elétricos, poções de ervas e frutos silvestres. Na verdade, acredito que não confiasse em nada, pois sabia muito bem que havia muito pouco a ser feito. Certa noite que passei com ela, quando as coisas estavam indo de mal a pior, brincamos de mergulhar os dedos num pote de vidro que havia acabado de chegar pelo correio, para provar uma espécie de melaço vegetal nojento e fedorento produzido na Califórnia por uma vigarista que dizia ter estudado remédios xamânicos dos nativos do deserto. E, com o passar dos dias, o jardim, sem alterar sua aparência de maneira marcante nem ficar selvagem (porque alguém agilizava as tarefas necessárias), tornou-se, sobretudo aos olhos de Pia, o espelho mais verídico das circunstâncias. Se não conseguia mais cuidar dele, não o abandonaria até seu último suspiro. Um dia, a seu lado, engolindo o santo remédio californiano, de repente veio à tona, enquanto conversávamos de tudo um pouco, uma lembrança enterrada num passado já muito distante. Certa vez, quando estávamos em Milão, Pia ganhou dois ingressos para um concerto de Martha Argerich — sonatas de Beethoven para piano e violoncelo. Alguns segundos antes do início do concerto, enfermeiros empurraram para dentro da sala uma cama hospitalar toda equipada e a estacionaram ao lado do palco. Era evidente que o homem deitado havia chegado ao fim e queria experimentar pela última vez o êxtase dessa música sublime, que para algumas pessoas é a experiência mais importante da vida, a emoção mais profunda, uma religião sem palavras. Ao voltar para casa, conversamos muito sobre esse homem apoiado no encosto erguido da cama, um catéter preso ao braço, a cabeça enfaixada e o nariz aquilino. Todas as vezes que somos tocados por uma imagem da beleza e da dignidade humana, ocorre sempre uma discriminação bem-sucedida entre o supérfluo e o essencial, e a parte de nós que não sucumbe, e não se deixa arrastar por nada, é soberana. Ficar próxima ao jardim, sem lhe dizer nada sobre a doença, significava para ela o mesmo que o concerto de Beethoven havia significado para o homem desconhecido. Era a sua música, que apesar de tudo continuaria a tocar sem ela.

Mas com certeza não sou mais atraente aos olhos dos outros: agora me sinto mais do que nunca conectada internamente a uma espécie de beleza e harmonia impalpáveis. Uma beleza que vai se revelando aos poucos e que, com a extinção, apaga a presunção do eu, o apego ao mundo. Sinto-me incorporada a alguma coisa muito mais vasta do que eu.

Publiquei um longo artigo sobre seu livro. Na ocasião, ela só se comunicava por mensagens de voz via WhatsApp. Recebi uma nesse mesmo dia, alguém deve ter levado o jornal para ela. Quando comecei a escrever estas páginas, pensei em recuperar a mensagem, reativar os celulares antigos que guardo numa gaveta. Porque, como se nunca a tivesse escutado, não lembro de nada do que ela disse, apenas lembro dessa sua mensagem, e que fiquei feliz por ela ter tido tempo de ler o artigo, e por eu ter mais uma vez conseguido lhe dizer — indiretamente — o quanto a amava, o quanto a estimava. Depois desisiti de ir atrás da mensagem. Deve haver alguma razão para a gente esquecer alguma coisa. Não saberia dizer por que nem como, mas comecei a imaginar esse esquecimento como uma fonte que jorra água na escuridão de uma caverna e, permanecendo invisível, alimenta um rio inteiro.

Em seus melhores momentos, o que ela experimentava era a «clareza de se sentir sozinha no mundo». Por outro lado, em seu sangue circulavam escórias imensas de ressentimento. Como se a doença resultasse de «um caminho errado» que ela teria tomado. Mas como dizê-lo? Expor-se a sofrimentos e humilhações inúteis, escreve, «deixou minha energia enlouquecida». Também no jardim circulavam as cobras. Porque as idades da vida não se sucedem, mas se sobrepõem.

Parece-me que estão em curso dois processos paralelos: de um lado, a decadência física cuja dinâmica ninguém entende; de outro, um movimento para a frente da alma que se liberta.

Não lembro se encaixado no vidro de uma cristaleira ou se apoiado numa estante, havia um cartão-postal um pouco envelhecido de *A origem do mundo*, daqueles vendidos à saída dos museus. Provavelmente ela o havia comprado naquela manhã de setembro no Museu d'Orsay, talvez também tenha dado um para mim e um para Rocco, não lembro, mas, conhecendo-a, me parece mais que provável. Depois de atravessar a densa folhagem do jardim, o sol se projetou na sala, cobrindo com uma fugaz pulverulência dourada a imagem de Courbet, como se quisesse incendiar com um fogo glorioso o arbusto de pelos, aquele jardim anatômico, transformando-o numa moita ardente.

Como é que tudo isso jamais foi chamado por seu nome, medo da morte? Como foi que sempre acreditei que não tinha medo dela?

É bem provável que aquela seria a última noite que eu passaria com Pia, mas tudo o que é solene de verdade, em nossa vida, carece oportunamente de solenidade. Alguns dias depois, ela me escreveu sobre um sonho que tivera — nele, no momento em que nos despedíamos, ela me dizia que não nos veríamos mais nessa terra, e que minha reação tinha sido de raiva. Pia zombava da minha «decepção». Mas, enfim, naquela noite eu estava lá, e todas as vezes de alguma coisa podem ser a última vez. Estive prestes a lhe perguntar se ela também lembrava de quando fomos ver *A origem do mundo* com Rocco. Mais de vinte anos haviam se passado. Num sopro. Ou não, lentamente — qual a importância, àquele ponto? A areia de sua ampulheta se reduzia a um fio sutil a ponto de se tornar quase invisível. Quem dera tivesse podido pressionar um botão ou pronunciar alguma fórmula mágica, e eu a teria deixado partir, dissolvendo suavemente seus contornos. As copas das árvores estremeciam de leve com a brisa que soprava com o pôr do sol. O verde-escuro das sempre-vivas, tão amado por Pia, levava vantagem no teatro de sombras do crepúsculo. Um cheiro de resina, terra mexida e grama cortada penetrava no aposento. E, se ela não podia mais cuidar dele, agora era o jardim que cuidava dela. Exatamente isto: *esperava por ela*, não como se diz que os mortos esperam os vivos, mas como um carro estacionado na frente da porta, um tapete voador, uma carruagem da Cinderela, um cavalo alado que conhece o caminho que leva até a fonte da vida, até a origem do mundo. Como se não houvesse nada mais importante a fazer, Macchia começou a latir para um casal de codornas à procura de um refúgio noturno.

REFERÊNCIAS

AGAMBEN, Giorgio, «Pascoli e il pensiero della voce». In: PASCOLI, Giovanni, *Il fanciullino*. Milão: Feltrinelli, 1982 (1897).

ALBINATI, Edoardo, «Il battito involontario del cuore di Puskin». *Nuovi Argomenti*, 1996.

____. «Vivere e scrivere, il passo a due di Pia». *Il Sole 24 Ore*, 9 jun. 2019.

BELLOW, Saul, *Il dono di Humboldt*, trad. it. Pier Francesco Paolini. In: ____. *Romanzi*. Org. Guido Fink, vol. II. Milão: Mondadori, 2008 (1975). [Ed. bras. *O legado de Humboldt*. Trad. Rubens Figueiredo. São Paulo: Companhia das letras, 2013.]

BENINI, Annalena, «Al giardino non l'ho detto». *Il Foglio*, 23 abr. 2016.

BURNETT, Frances Hodgson, *Il giardino segreto*. Trad. Pia Pera; ilustr. Fabian Negrin. Milão: Salani, 2005 (1911).

CARBONE, Rocco, *Agosto*. Roma: Theoria, 1993.

____. *L'apparizione*. Milão: Mondadori, 2002 (2. ed., Roma: Castelvecchi, 2018).

____. *Per il tuo bene*. Org. Emanuele Trevi. Milão: Mondadori, 2009.

CATALUCCIO, Francesco M., «Il giardino di Pia Pera». *doppiozero*, 16 mar. 2016.

«CIAO Rocco». *Nuovi Argomenti*, v. s. 47, jul.-set. 2009.

CIORAN, E. M., «Fitzgerald. L'esperienza pascaliana di un romanziere americano» [1955]. In: ____. *Esercizi di ammirazione. Saggi e ritratti*. Trad. Mario Rigoni e Luigia Zilli. Milão: Adelphi, 1986. [Ed. bras. *Exercícios de admiração: ensaios e perfis*. Trad. José Thomaz Brum. Rio de Janeiro: Rocco, 2011.]

COLASANTI, Arnaldo, «Morte di uno scrittore: Rocco Carbone e la Bhagavadgita». In: ____. *Febbrili transiti. Frammenti di etica*. Milão: Mimesis, 2012.

GADDA, Carlo Emilio, *Quer pasticciaccio brutto de via Merulana*. Org. Giorgio Pinotti. Milão: Adelphi, 2018 (1957). [Ed. bras. *Aquela confusão louca da via Merulana*. Trad. Aurora Fornoni Bernardini e Homero Freitas de Andrade. Rio de Janeiro: Record, 1982.]

GAMBERALE, Chiara, «Il riscatto delle nostre imperfezioni, la lezione di Rocco Carbone». *il Riformista*, 21 jul. 2008.

GARBOLI, Cesare, *Scritti Servili*. Turim: Einaudi, 1989.

GARDINI, Nicola, «Elegia dell'amore vegetale». *Il Sole 24 Ore*, 16 fev. 2016.

GRECO, Gianluca, *Un saluto a Rocco* [filme], 2009.

HILLMAN, James, «Atena, Ananke e la necessità della psicologia anormale». In: ____. *Figure del mito*. Trad. it. Adriana Bottini. Milão: Adelphi, 2014 (1974).

LANDOLFI LIBRO PER LIBRO. Org. Tarcisio Tarquini. Hetea, 1988.

LEWIS, Clive Staples, *L'allegoria d'amore. Saggio sulla tradizione medievale*. Trad. it. G. Stefancich. Turim: Einaudi, 1969 (1936).

PERA, Pia, *La bellezza dell'asino*. Veneza: Marsilio, 1992 (nova ed., Milão: Ponte alle Grazie, 2017).

____. *Diario di Lo*. Veneza: Marsilio, 1995 (nova ed. com prefácio de Emanuele Trevi. Milão: Ponte alle Grazie, 2018).

____. *L'orto di un perdigiorno*, Milão, 2003.

____. *Al giardino ancora non l'ho detto*. Milão: Ponte alle Grazie, 2016.

PÚCHKIN, Aleksandr, *Evgenij Onegin*. Trad. Pia Pera. Veneza: Marsilio, 1996 (1822-1831). [Ed. bras. *Eugênio Oneguin*. Trad. Dário Castro Alves. Rio de Janeiro: Record, 2010.]

RICCI, Lara, «Pia Pera». In: *Enciclopedia delle donne*. Disponível em: <www.enciclopediadelledonne.it>.

SAVATIER, Thierry, *Courbet e «L'origine del mondo». Storia di un quadro scandaloso*. 2006.

TCHEKHOV, Anton Pavlovic, *Tre racconti*. Trad. it. Pia Pera. Roma: Voland, 2011.

VELOTTI, Stefano, «Intorno a Pia». In: VIMERCATI, Maria Cristina, *Il giardino di Pia Pera*. Catálogo da mostra. Milão, 2016 (depois em *Lo straniero*, n. 196, out. 2016).

VITALE, Serena, *Il bottone di Puskin*. Milão: Adelphi, 1995. [Ed. bras. *O botão de Puchkin*. Rio de Janeiro: Record, 2003.]

DAS ANDERE

1. Kurt Wolff *Memórias de um editor*
2. Tomas Tranströmer *Mares do Leste*
3. Alberto Manguel *Com Borges*
4. Jerzy Ficowski *A leitura das cinzas*
5. Paul Valéry *Lições de poética*
6. Joseph Czapski *Proust contra a degradação*
7. Joseph Brodsky *A musa em exílio*
8. Abbas Kiarostami *Nuvens de algodão*
9. Zbigniew Herbert *Um bárbaro no jardim*
10. Wisława Szymborska *Riminhas para crianças grandes*
11. Teresa Cremisi *A Triunfante*
12. Ocean Vuong *Céu noturno crivado de balas*
13. Multatuli *Max Havelaar*
14. Etty Hillesum *Uma vida interrompida*
15. W. L. Tochman *Hoje vamos desenhar a morte*
16. Morten R. Strøksnes *O Livro do Mar*
17. Joseph Brodsky *Poemas de Natal*
18. Anna Bikont e Joanna Szczęsna *Quinquilharias e recordações*
19. Roberto Calasso *A marca do editor*
20. Didier Eribon *Retorno a Reims*
21. Goliarda Sapienza *Ancestral*
22. Rossana Campo *Onde você vai encontrar um outro pai como o meu*
23. Ilaria Gaspari *Lições de felicidade*
24. Elisa Shua Dusapin *Inverno em Sokcho*
25. Erika Fatland *Sovietistão*
26. Danilo Kiš *Homo Poeticus*
27. Yasmina Reza *O deus da carnificina*
28. Davide Enia *Notas para um naufrágio*
29. David Foster Wallace *Um antídoto contra a solidão*
30. Ginevra Lamberti *Por que começo do fim*
31. Géraldine Schwarz *Os amnésicos*
32. Massimo Recalcati *O complexo de Telêmaco*
33. Wisława Szymborska *Correio literário*
34. Francesca Mannocchi *Cada um carregue sua culpa*
35. **Emanuele Trevi *Duas vidas***

Composto em Lyon Text e GT Walsheim
Impresso pela gráfica Formato
Belo Horizonte, 2022